講談社 青

ふしぎ古書店《こしょてん》③

さらわれた天使《てんし》

にかいどう青《あお》/作《さく》　のぶたろ/絵《え》

ふしぎ古《こ》書《しょ》店《てん》③
さらわれた天《てん》使《し》

にかいどう青《あお》／作《さく》　のぶたろ／絵《え》

講談社 青い鳥文庫

この本《ほん》の登場人物《とうじょうじんぶつ》
ミユキさん
とってもドジな貧乏神《びんぼうがみ》。
死神《しにがみ》さん
レイジさんの古《ふる》い知《し》り合《あ》い。
秋山絵理乃《あきやまえりの》
ひびきの友《とも》だち。
オズくん

レイジさん
「福神堂《ふくじんどう》」の店主《てんしゅ》。
モコさん
長生《ながい》きした
ネコのアヤカシ。
ムジナ
人《ひと》の顔《かお》と記憶《きおく》を
借《か》りるアヤカシ。
チィちゃん
本《ほん》のツクモ。
東堂《とうどう》ひびき
読書《どくしょ》好《ず》きの小学《しょうがく》5年生《ねんせい》。

もくじ

第《だい》1話《わ》

消《き》えた絵《え》と天使《てんし》

○ 絵理乃《えりの》ちゃんとチィちゃん ○

クーラーのきいた、わたしの部屋《へや》。
外《そと》から、じじじじじじっ、とセミの声《こえ》が聞《き》こえてくる。
「それじゃ、絵理乃《えりの》ちゃん、わたしの手《て》をにぎって。」
わたしは、正面《しょうめん》に立《た》っている絵理乃《えりの》ちゃんに左手《ひだりて》をさしだした。
手首《てくび》にしているブレスレットの石《いし》が、ぶつかりあって、音《おと》を立《た》てる。
このブレスレットは、わたしのラッキーアイテムだ。
でも、霊感《れいかん》のないひとには、見《み》えないの。
じつをいうと、ブレスレットは福《ふく》の神《かみ》さま特製《とくせい》で、わたしは福《ふく》の神《かみ》の弟子《でし》なのだ。
「こ、こわくないよね、東堂《とうどう》ひびき？」
おどおどした様子《ようす》で、絵理乃《えりの》ちゃんが聞《き》いてくる。
秋山絵理乃《あきやまえりの》ちゃん。

ヘンな子《こ》だと思《おも》われたくなかったから、わたしは、福《ふく》の神《かみ》の弟子《でし》であることを、ちょっとのあいだ、絵理乃《えりの》ちゃんにひみつにしていた。

でも、勇気《ゆうき》を出《だ》して話《はな》してみたら、絵理乃《えりの》ちゃんは、わたしの言《い》ったことを、あっさりと信《しん》じてくれた。それは、もう、あっさりと。

絵理乃《えりの》ちゃんは、わたしの最高《さいこう》の友《とも》だちだ。

そして、五年《ねん》二組《くみ》いちばんのオシャレさんでもある。

今日《きょう》は、左右《さゆう》のニーソックスの色《いろ》がちがっていて、『長《なが》くつ下《した》のピッピ』みたいだった。

さっき、「今日《きょう》の絵理乃《えりの》ちゃんは、ピッピみたいだね。」って話《はな》したら、「さすが、東堂《とうどう》ひびき！　わかってる！」と、よろこんでくれた。

いまは、不安《ふあん》そうに、へにょん、と眉《まゆ》をたれさげているから、あんまりピッピっぽくないかもだけど。ピッピは、何《なに》ものもおそれない最強《さいきょう》の女《おんな》の子《こ》だし。

「こわくないって。レイジさんだって、こわくなかったでしょ？」

絵理乃《えりの》ちゃんは、わたしが福《ふく》の神《かみ》の弟子《でし》だと告白《こくはく》する前《まえ》に、レイジさんと会《あ》っている。

ただ、そのときは、親戚《しんせき》のお兄《にい》さん、ということにしていた。

「だって、レイジさんは、福《ふく》の神《かみ》さまなんでしょ？　そりゃ、こわくないよ。」

「キツネの嫁入《よめい》りだって、キレイだって言《い》ってくれたじゃない。」

キツネの嫁入《よめい》り、というのは、お天気雨《てんきあめ》のこと。

少《すこ》し前《まえ》に、わたしは絵理乃《えりの》ちゃんに、「キツネの嫁入《よめい》り」を見《み》せてあげた。

でも、お天気雨《てんきあめ》を見《み》せた、という意味《いみ》じゃない。

キツネの花嫁《はなよめ》さんと花婿《はなむこ》さんが、たくさんの親族《しんぞく》とともに通《とお》りすぎていく光景《こうけい》を見《み》せてあげたのだ。

わたしと手《て》をにぎると、そういうふしぎなモノを、いっしょに見《み》られるようになる。

「ね？　だいじょうぶだよ、絵理乃《えりの》ちゃん。」

「……うん。東堂《とうどう》ひびきがそう言《い》うなら。」

絵理乃《えりの》ちゃんは、ちょんと、わたしの左手《ひだりて》にふれた。

でも、すぐに、わたしを盾《たて》にするみたいにうしろにまわる。

そのまま、部屋《へや》のなかを見《み》まわした。

「あ、あれ？　だれもいないけど？」

「チィちゃんは、ひとみしりさんなんだ。いまは、ベッドの下《した》にかくれちゃってる。」

わたしは、絵理乃《えりの》ちゃんと、ちゃんと手《て》をつないでから、しゃがんだ。

「ねえ、チィちゃん。だいじょうぶだから出《で》ておいでよ。」

チィちゃんは、ベッドの下《した》で、まんまるになっていた。

見《み》た目《め》は、小学校入学前《しょうがっこうにゅうがくまえ》くらいの女《おんな》の子《こ》だ。手《て》も足《あし》も、とってもちっちゃい。

あかるい色《いろ》の髪《かみ》はふわふわで、千歳飴《ちとせあめ》みたいに甘《あま》い香《かお》りがする。

白《しろ》いワンピースの背中《せなか》には、小《ちい》さな羽《はね》が生《は》えていた。ぴこぴこ動《うご》いている。

チィちゃんは、古《ふる》い洋書《ようしょ》のツクモなのだ。

ツクモというのは、長《なが》い時間《じかん》をかけて、ものに魂《たましい》がやどった存在《そんざい》のこと。

チィちゃんは、挿絵《さしえ》にある天使《てんし》の姿《すがた》をしていた。

わたしは、絵理乃《えりの》ちゃんにチィちゃんを紹介《しょうかい》してあげたかったんだ。

絵理乃《えりの》ちゃんも床《ゆか》にひざをつけて、ベッドの下《した》をのぞきこむ。

「……こんにちは、なの。」

チィちゃんが、はずかしそうに、もしょもしょと言《い》った。

そのとたん、絵理乃《えりの》ちゃんは「ふぉおおおおっ！」と、大声《おおごえ》をあげる。

「わっ!?　びっくりした。どうしたの、絵理乃《えりの》ちゃん？」

「か、かかかか、かわいすぎる！　この子《こ》がチィちゃん？」

「そう。こわくないでしょ？」

「ちっとも！」

「いままでも、絵理乃《えりの》ちゃんのそばにいたことあるんだよ。」

「ぜんぜん気《き》づかなかった。」

「霊感《れいかん》がないとそうみたい。見《み》えないし、声《こえ》も聞《き》こえないの。」

絵理乃《えりの》ちゃんは、ベッドの下《した》のチィちゃんにむかって手《て》をふった。

「大《おお》きな声《こえ》を出《だ》してごめんね。こんにちは。あたし、秋山絵理乃《あきやまえりの》。東堂《とうどう》ひびきの友《とも》だちなんだ。」

「……チィはね、チィっていうの。チィもね、ひびきの友《とも》だちなの。」

「よろしくねっ。」

チィちゃんは、こくん、とうなずき、ベッドの下《した》からはい出《で》てきた。

それから、しゃがんでいるわたしの足《あし》に、ぴとって、くっつく。

「やーばーいーっ。なに、この子《こ》。かわいすぎるだろ！」

「絵理乃《えりの》ちゃん、落《お》ちついて。チィちゃんをこわがらせちゃうから。」

「あ、ごめん。ねえ、握手《あくしゅ》しようよ！　あたしたちも今日《きょう》から友《とも》だちってことで。」

絵理乃《えりの》ちゃんが、わたしと手《て》をつないでいるのとは反対《はんたい》のほうの手《て》をのばした。

チィちゃんは、また、こくん、とうなずいて、絵理乃《えりの》ちゃんの手《て》をにぎった。

「手《て》、ちっちゃ！　しかも、ぷくんぷくんっ！　たまらんですなっ！」

うん。やっぱり、絵理乃《えりの》ちゃんにチィちゃんを紹介《しょうかい》してよかった。

チィちゃんは、まだ、おどおどしているけど、すぐにだいじょうぶになるはずだ。

「ねえ、東堂《とうどう》ひびき。チィちゃん、うちに連《つ》れて帰《かえ》ってもいい？　あたしの妹《いもうと》にする！」

「いきなり、むちゃくちゃなこと、言《い》いだしたね。」

あと、顔近《かおちか》い。鼻息《はないき》がかかってるんですけど。

「だって、チィちゃん、かわいいんだもんっ！」

「わたしといっしょじゃないと、お話《はな》しできないよ？　そもそも見《み》えないし。」

「なんとかして！　お願《ねが》い、お願《ねが》い。一生《いっしょう》のお願《ねが》いっ！」

「いや、ダメだって。絵理乃《えりの》ちゃん、一生《いっしょう》のお願《ねが》い、つかいすぎ。」


絵理乃《えりの》ちゃんとチィちゃんの初顔合《はつかおあ》わせは、無事《ぶじ》におわった。最初《さいしょ》は、ぎこちなかったけど、チィちゃんも、ちょっとずつ絵理乃《えりの》ちゃんに慣《な》れたみたいだった。

そのあと、わたしと絵理乃《えりの》ちゃんは、夏休《なつやす》みの宿題《しゅくだい》にとりかかった。夏休《なつやす》みの宿題《しゅくだい》は、算数《さんすう》と漢字《かんじ》のドリル、英語《えいご》のプリントに自由研究《じゆうけんきゅう》、ポスター、読書感想文《どくしょかんそうぶん》だ。

チィちゃんは、わたしたちの横《よこ》っちょで、お絵《え》かきをした。

「東堂《とうどう》ひびきと手《て》をつないでいないと、チィちゃん、見《み》えなくなっちゃうんだね。」

絵理乃《えりの》ちゃんは、チィちゃんがいるあたりに手《て》をのばしていた。

「だけど、そこにいるよ。お絵《え》かきしてる。」

「うん。クーピー、ういてるから、わかる。チィちゃんは、絵《え》がじょうずだね。」

絵理乃《えりの》ちゃんがそう言《い》うと、チィちゃんは、「むふふぅ。」と笑《わら》った。

とちゅうで、朱音《あかね》さんが、わたしたちにスイカを持《も》ってきてくれた。

「おーし、小学生《しょうがくせい》ズ。宿題《しゅくだい》、はかどってっか？　スイカ、切《き》ってきたぞ。」

美澄朱音《みすみあかね》さん。わたしのお母《かあ》さんの妹《いもうと》、つまり叔母《おば》さんだ。お母《かあ》さんとお父《とう》さんが、しごとで海外《かいがい》にいるため、わたしは、朱音《あかね》さんのおうちで暮《く》らしている。

朱音《あかね》さんは、背《せ》が高《たか》くて、髪《かみ》もさらさらで、モデルさんみたいな体形《たいけい》の美人《びじん》だ。

「ありがとうございます。」

絵理乃《えりの》ちゃんが、朱音《あかね》さんにお礼《れい》を言《い》う。チィちゃんは、わたしの背中《せなか》にかくれた。

「あたし、今年《ことし》、スイカ食《た》べるの、はじめてです。」

「お、そっか、そっか。たんまり食《た》べれ。」

「はーい。」

朱音《あかね》さんがいなくなってから、三人《にん》でスイカをしゃくしゃくとほおばった。

絵理乃《えりの》ちゃんは、「おお、スイカがういた！」とか、スイカに残《のこ》されたチィちゃんの歯《は》形《がた》を見《み》て、「ひと口《くち》がちっちゃい。かわいい！」と、感想《かんそう》を口《くち》にした。

スイカは、甘《あま》くて、とってもおいしかった。

○ 眠《ねむ》りすぎ福《ふく》の神《かみ》 ○

夏《なつ》の夕空《ゆうぞら》は、空《そら》の高《たか》いところと低《ひく》いところで濃《こ》さがちがっていて、キレイだ。

「またね。」と、家《いえ》の前《まえ》で絵理乃《えりの》ちゃんを見送《みおく》ってから、わたしは、チィちゃんと手《て》をつないで、「福神堂《ふくじんどう》」へむかった。

福神堂《ふくじんどう》は、レトロな見《み》た目《め》の古本屋《ふるほんや》さんだ。

わたしのブレスレットと同《おな》じように、ふつうのひとには、見《み》えない。

ガラス戸《ど》をあけると、チリン、チリン、と鈴《すず》が鳴《な》った。

お店《みせ》のなかには、背《せ》の高《たか》い本棚《ほんだな》がならんでいて、床《ゆか》にも本《ほん》がつまれている。

「こんにちは。」

声《こえ》をかけてみたけど、へんじはなかった。

チィちゃんが、鼻《はな》をくんくんさせる。

「カレーのにおいがするのっ。」

チィちゃんは、わたしの手《て》をはなすと、しゅぱぱぱっと走《はし》って、段差《だんさ》をのりこえた。レジの横《よこ》を通《とお》りすぎ、おくの部屋《へや》に消《き》えてしまう。

わたしもスニーカーをぬいでから、居間《いま》をのぞいてみた。ちゃぶ台《だい》と、箱《はこ》みたいなテレビ、扇風機《せんぷうき》。ここにも本《ほん》がたくさんあって、にょきにょきと塔《とう》ができている。

あけっぱなしの引《ひ》き戸《ど》のむこうから「レイジー。」と、チィちゃんの声《こえ》がした。

そっちは、キッチンになっているのだ。カレーを煮《に》こんでいる香《かお》りがただよってくる。

「あ！　もしかして、レイジさん、また！」

わたしは急《いそ》いで、キッチンにむかった。

火《ひ》にかけられたナベの前《まえ》で、レイジさんは立《た》ったまま眠《ねむ》っていた。

体《からだ》が、ゆら〜り、ゆら〜り、とゆれている。

福神礼司《ふくじんれいじ》さん。

ここ、福神堂《ふくじんどう》の店主《てんしゅ》で、福《ふく》の神《かみ》さまだ。

少女《しょうじょ》マンガに出《で》てくる王子《おうじ》さまみたいな美形《びけい》だけど、いつも寝《ね》てばかりいる。

「レイジさん！　あぶないですってば！」

わたしは、急《いそ》いでコンロの火《ひ》を消《け》した。カレーは、ぐつぐつと煮立《にた》っていたけど、まだ、こげてはいなかった。ギリギリセーフ。

「もう！　レイジさん、起《お》きてください！」

わたしは、レイジさんが着《き》ている白《しろ》いシャツをひっぱって、ゆすった。

足《あし》もとにいるチィちゃんも、わたしのマネをして、レイジさんをゆさゆさする。

「……んん。あと、五分《ふん》。」

「なに言《い》ってるんですか。起《お》きてください。」

「……せめて、あと、十五分《ふん》。」

「ふえてるじゃないですか！」

レイジさんは、大《おお》きなあくびをして、寝《ね》ぐせみたいな髪《かみ》をくしゃっとかきまわす。

「おやー、ひびきさん。いらっしゃい。」

「いらっしゃい、じゃないですよ。火事《かじ》になったら、あぶないから、ナベを火《ひ》にかけたまま眠《ねむ》らないでくださいって、わたし、言《い》いましたよね。」

「おっと。これは、どうもすみませ、ぐー。」

レイジさんは、眠《ねむ》ることと、カレーをそえた福神《ふくじん》づけが大好《だいす》きなのだ。メインは福神《ふくじん》づけのほうらしい。そして、話《はな》しているとちゅうでも、すぐに寝《ね》てしまう。

「起《お》きてください、レイジさん。レイジさんってば！」

わたしの努力《どりょく》の結果《けっか》、レイジさんは、ちゃんと目《め》を覚《さ》ましてくれた。

「今日《きょう》、絵理乃《えりの》ちゃんにチィちゃんを紹介《しょうかい》したんです。」

とくべつなことなので、きちんと、レイジさんに報告《ほうこく》をする。

レイジさんは、ちゃぶ台《だい》をはさんで、わたしの正面《しょうめん》にすわり、チィちゃんは、わたしのひざの上《うえ》に、ちまっと腰《こし》をおろしていた。

「ふたりとも、すぐにうちとけあっていました。」

「そうですか、そうですか。」

わたしは、チィちゃんのお腹《なか》をこしょこしょする。

チィちゃんは、背中《せなか》の羽《はね》をぱたぱたさせた。

「今日《きょう》は楽《たの》しかったですか、チィちゃん？」

レイジさんが身《み》をのりだして、チィちゃんの頭《あたま》をなでる。

「あのね、あのね。エリノね、チィの絵《え》、じょうずって言《い》ってたの。」

「ぼくも、チィちゃんは、絵《え》がうまいと思《おも》いますよ。」

「わたしも、チィちゃんの絵《え》、好《す》きだよ。いつもカラフルで、にぎやかだよね。」

チィちゃんは、口《くち》にちっちゃな手《て》を当《あ》てて、うれしそうに笑《わら》った。

「チィのこと、もっとほめてもいいよ。」

わたしは、また、チィちゃんのお腹《なか》をこしょこしょする。

チィちゃんは、体《からだ》をまぁるくして笑《わら》う。

「ひびき、もっと、こしょこしょしてなの。」

「こしょこしょ、こしょこしょ。」

しばらく、そんなふうに遊《あそ》んでから、わたしは、レイジさんを見《み》あげた。

「わたし、チィちゃんと絵理乃《えりの》ちゃんなら、仲《なか》よくなれると思《おも》ったんです。絵理乃《えりの》ちゃんは、福《ふく》の神《かみ》の弟子《でし》のことも笑《わら》わずに聞《き》いてくれたし。そんなふうに受《う》けいれるのって、とても、むずかしいことだと思《おも》うんです。だから、絵理乃《えりの》ちゃんは、すごいです。」

福《ふく》の神《かみ》の弟子《でし》であることを、だれに、どんなふうに伝《つた》えるか、レイジさんは、わたしにまかせてくれている。だれに話《はな》してもいいし、話《はな》さなくてもいい。

レイジさんは、わたしがどうするかを尊重《そんちょう》してくれているのだ。

わたしは、絵理乃《えりの》ちゃんには話《はな》しておきたいと思《おも》った。

絵理乃《えりの》ちゃんは、たいせつな友《とも》だちだから。

でも、同《おな》じようにたいせつなひとだけど、朱音《あかね》さんにはひみつにしている。それは、朱《あか》音《ね》さんが信《しん》じてくれないと思《おも》ったからじゃなくて、心配《しんぱい》をかけたくなかったからだ。

どちらも、いつわりのないわたしの気持《きも》ち。

「秋山《あきやま》さんは、ひびきさんにとって、本当《ほんとう》によいお友《とも》だちなのですね。」

「はい。」

「チィも、ひびきの友《とも》だちなのっ！」

「うん、そうだね。」

わたしとチィちゃんは、ほおをくっつけあった。ぷにっ、ぷにっ。

そんなわたしたちを、レイジさんは、まぶしいものを見《み》るように、ながめていた。

○ 事件《じけん》のはじまり ○

夕飯《ゆうはん》は、野菜《やさい》たっぷり中華丼《ちゅうかどん》だった。もりもり食《た》べたあと、お皿洗《さらあら》いを手伝《てつだ》っていたら、リビングのテレビからニュースが聞《き》こえてきた。

『十一日《にち》、C県立美術館《シーけんりつびじゅつかん》の倉庫《そうこ》が、何者《なにもの》かにあらされているとの一一〇番通報《ひゃくとおばんつうほう》がありました。午前《ごぜん》八時《じ》ごろ、同館《どうかん》の館長《かんちょう》が、倉庫《そうこ》のカギが壊《こわ》されていることを発見《はっけん》。確認《かくにん》してみたところ、保管《ほかん》されていた絵画《かいが》が一点《てん》なくなっていることがわかりました。警察《けいさつ》は窃盗事件《せっとうじけん》として捜査《そうさ》しています。』

「ぶっそうなこった。」

朱音《あかね》さんはそう言《い》い、ぬれた手《て》をふきふきしながら、首《くび》をかしげる。

「でも、なんかヘンなニュースだったな。」

「ヘンって、なにがですか？」

わたしも、かわいたタオルで手《て》をふく。

「絵画《かいが》一点《てん》がなくなったって言《い》ってただろ？　どれくらい高価《こうか》なもんなのか知《し》らないけど、せっかく忍《しの》びこんだんだから、たくさん盗《ぬす》めばよかったのに。もったいない。」

朱音《あかね》さんの言《い》いかただと、盗《ぬす》んでもオーケーみたいに聞《き》こえちゃいます。」

朱音《あかね》さんは、「おっと。」と言《い》って、イタズラっぽく、ぺろっと舌《した》を出《だ》した。

「もちろん、ダメだかんな。ひびきがそんなことしたら、あたしは泣《な》いちゃう。体《からだ》の水分《すいぶん》をぜんぶ流《なが》すくらい泣《な》いて、ぺらぺらの紙《かみ》みたくなっちゃう。だから、あたしを泣《な》かすなよ。」

「安心《あんしん》してください。しませんから。」

「うん。ま、わかってる。ひびきは、そういう、ひきょうなことはしない。」

朱音《あかね》さんが、わたしのほっぺをつまんだ。

「今日《きょう》もナイスぷにぷに。」

「盗《ぬす》まれたのは、有名《ゆうめい》な絵《え》だったんですかね。」

わたしは、絵《え》にくわしくないけど、人気《にんき》のある画家《がか》の作品《さくひん》だったのかもしれない。

だとしたら、一枚《まい》だけでもすごい値段《ねだん》になるにちがいない。

「さあ、どうだろうな。有名《ゆうめい》な絵《え》なら、テレビで言《い》いそうだけど、さっきは言《い》ってなかったから、ちがうかもな。」

「あ、たしかに。」

「窃盗団《せっとうだん》なら、盗《ぬす》んだ品《しな》を裏《うら》で取引《とりひき》とかしてかせぐのかもしれないけど、絵画《かいが》一点《てん》ってことだし、犯人《はんにん》は、自分《じぶん》のものにしたかったのかもしれない。マニアってのは、好《す》きなものを手《て》もとに置《お》いておきたいと考《かんが》えるもんだからな。盗《ぬす》んででも、ほしかったとか。」

ちょっとわかる。わたしもお気《き》にいりの本《ほん》は、持《も》っておきたい。

「まあ、いずれにせよ、防犯《ぼうはん》カメラにうつってるだろ。」

お風呂《ふろ》に入《はい》って、髪《かみ》をかわかして、朱音《あかね》さんに「おやすみなさい。」を言《い》ってから、わたしはベッドでうつぶせになって、『ワンダー』という本《ほん》を読《よ》んだ。R《アール》・J《ジェー》・パラシオというひとが書《か》いたもので、少《すこ》し前《まえ》に、朱音《あかね》さんが涙《なみだ》で顔《かお》をくしゃくしゃにしながら、「ひびき、これあげるから、読《よ》んでみ。」と、すすめてくれたのだ。

一気《いっき》に読《よ》みたかったけど、眠《ねむ》たくなってきたので、しおりひもをはさんで、電気《でんき》を消《け》した。まぶたをとじたら、羊《ひつじ》を数《かぞ》えるまもなく、わたしは眠《ねむ》りに落《お》ちた。

……あれ？　なんだろう？

そこは、知《し》らない部屋《へや》だった。ぜんたいが枯《か》れ葉《は》っぽく、くすんだ色《いろ》をしている。まるで、古《ふる》い写真《しゃしん》のなかにいるみたい。

木目《もくめ》がキレイな木《き》の床《ゆか》だった。窓《まど》があいていて、カーテンがゆれている。

猫脚《ねこあし》の家具《かぐ》の上《うえ》に、かわいい形《かたち》のランプがのっていた。大《おお》きな柱時計《はしらどけい》もある。

男《おとこ》のひとが、絵《え》を立《た》てるための台《だい》（イーゼルってやつかな？）の前《まえ》に立《た》っていた。

身長《しんちょう》が高《たか》くて、足《あし》も長《なが》い。

ハリウッド映画《えいが》のスターみたいに、ほりの深《ふか》い顔立《かおだ》ちをしている。

白《しろ》いシャツの袖《そで》をまくって、ベストを着《き》ていた。

右手《みぎて》に絵筆《えふで》、左手《ひだりて》にパレットを持《も》っている。絵《え》に色《いろ》をつけているみたいだ。

男《おとこ》のひとの、おだやかな瞳《ひとみ》の先《さき》には、和服姿《わふくすがた》の女《おんな》のひとがいた。

キレイに髪《かみ》を結《ゆ》いあげていて、イスにすわっている。

女《おんな》のひとは、りっぱな本《ほん》を、ひざの上《うえ》にのせていた。

「少《すこ》し風《かぜ》が出《で》テきたネ、寒《さむ》くはないイ？」

男《おとこ》のひとが、和服《わふく》の女《おんな》のひとに話《はな》しかける。

「いいえ。ちっとも寒《さむ》くありませんわ。」

女《おんな》のひとは、やわらかな笑《え》みを男《おとこ》のひとにむけた。

「だって、あなたがそばにいてくれるのですもの。チェルシーも。」

そう言《い》うと、和服《わふく》の女《おんな》のひとは、本《ほん》をそっと胸《むね》にだく。

「このしあわせを、みんなにもわけてあげたいくらいですわ。」

「ボクは、だレにモ、キミを、わけてあげたくなイけどネ。」

男《おとこ》のひとがウィンクをして、女《おんな》のひとは、はずかしそうにうつむいた。

「ずっと、いっしょにいてくださいね。」

「もちロンだとモ。ずっと、いっしょダヨ。」

女《おんな》のひとは、本《ほん》をひざの上《うえ》にもどして、その表紙《ひょうし》をやさしくなでる。

あれ？　その本《ほん》、どこかで見《み》たことがあるような……。

「あなたもね、わたしたちのチェルシー。」

○ 天使《てんし》がいなくなった!? ○

「起《お》きてよ、東堂《とうどう》ひびき！　たいへんだよ！」

「んん。」

目《め》を覚《さ》ますと、そこには絵理乃《えりの》ちゃんがいた。

わたしのほおを両側《りょうがわ》からはさんで、ぐにぐにしてくる。

「……絵理乃《えりの》ちゃん？」

さっきまで見《み》ていたものは、夢《ゆめ》だったみたい。

カーテンのすきまから、朝日《あさひ》がさしこんできていた。

朝《あさ》から気温《きおん》は高《たか》い。じーわっ、じーわっ、というセミの鳴《な》き声《ごえ》が聞《き》こえる。

あくびをして、まぶたをこする。ぐっとのびをして。

「え!?　なんで、絵理乃《えりの》ちゃんがわたしの部屋《へや》にいるの!?」

時間差《じかんさ》でおどろいてしまった。朝《あさ》だから、ちょっと、ぼーっとしてた。

「東堂《とうどう》ひびきを起《お》こしにきたんだよ。」

よく見《み》ると、絵理乃《えりの》ちゃんの頭《あたま》に、タヌキ耳《みみ》がついていた。ぴくぴく動《うご》いてる。

「あ、もしかして、ムジナくん？」

「ご名答《めいとう》っ。」

どろん、と言《い》って、絵理乃《えりの》ちゃんは、ムジナくんの姿《すがた》になった。

わたしのベッドのはしっこに、ぽてん、と着地《ちゃくち》する。

タヌキにそっくりだけど、ムジナくんはアヤカシなのだ。毛《け》がもふもふしている。

「どうして、絵理乃《えりの》ちゃんの姿《すがた》なんですか？　こんな朝《あさ》から、わたしをおどろかせにきたんですか？」

「この姿《すがた》は、きみの家族《かぞく》に見《み》つかっても、あやしまれないようにさ。」

いや、こんな時間《じかん》から、頭《あたま》にタヌキ耳《みみ》（ムジナくんが言《い》うには「ムジナ耳《みみ》」）をのせた絵理乃《えりの》ちゃんがいたら、じゅうぶんにあやしいと思《おも》うけど。

「じつは、福《ふく》の神《かみ》のダンナに頼《たの》まれてきたんだ。」

レイジさんは、基本的《きほんてき》に、福神堂《ふくじんどう》からはなれることができない。

だから、ムジナくんに頼《たの》んだってことなんだろう。

「たしかめたいんだけど、ツクモの女《おんな》の子《こ》は、きみのところにきて……ないみたいだね。」

部屋《へや》のなかを見《み》わたしてから、ムジナくんは言《い》った。

「チィちゃんがどうかしたんですか？」

「くわしいことは、福《ふく》の神《かみ》のダンナから聞《き》いてほしいんだけど、どうやら、彼女《かのじょ》がいなくなってしまったみたいなんだ。」

「え？　なんです、それ？　どういうことですか？」

「ぼくにはさっぱりだ。」

ムジナくんは、小《ちい》さな肩《かた》をすくめた。ふかふかのしっぽを、くるん、とまわす。

「いちおう、福《ふく》の神《かみ》のダンナの頼《たの》みだからね、ぼくのほうでも、少《すこ》しさがしてみることにするよ。きみも、はやいうちに、ダンナのところに顔《かお》を出《だ》してほしい。」

「は、はいっ。」

「それじゃあ、ぼくはいくよ。」

ムジナくんは、また絵理乃《えりの》ちゃんの姿《すがた》になって、わたしの部屋《へや》から去《さ》っていった。

「……チィちゃんがいなくなった？」

たいへんだ！　そんなの大事件《だいじけん》じゃないかっ！


朝《あさ》ごはんを急《いそ》いで食《た》べてから、わたしは、あわてて福神堂《ふくじんどう》へむかった。

本当《ほんとう》は朝《あさ》ごはんどころじゃなかったんだけど、それでは力《ちから》が出《で》ないし、朱音《あかね》さんに心配《しんぱい》をかけてはいけなかった。

「レイジさんっ！」

ガラス戸《ど》をあけ、大声《おおごえ》をあげる。

「ああ、ひびきさん。」

レイジさんは、レジの横《よこ》に置《お》いてある黒電話《くろでんわ》の前《まえ》にいた。

「あの、わたし、ムジナくんから、チィちゃんがいなくなったって聞《き》いて……。」

「ムジナくんに伝言《でんごん》をお願《ねが》いしたんです。もしかしたら、ひびきさんのところにいるのかもしれないと思《おも》いまして。」

「チィちゃん、うちにはきてません。」

「そのようですね。」

レイジさんは、小《ちい》さく息《いき》をはいた。

「チィちゃん、いなくなっちゃったんですか？　いつからですか？」

「昨日《きのう》、ひびきさんが帰《かえ》られたあと、ひとりでお店《みせ》の前《まえ》の道路《どうろ》でお絵《え》かきをしていたようなんです。チョークのあとが残《のこ》っていました。午後《ごご》六時《じ》ごろでした。まだ、暗《くら》い時間《じかん》ではなかったのですが……。ぼくが、目《め》をはなしたのがいけませんでした。」

「昨日《きのう》から、帰《かえ》ってないんですか？」

「ええ。」

「前《まえ》に、チィちゃんが、わたしの家《いえ》までついてきて、ひと晩《ばん》たっちゃったことありましたよね？　あのとき、レイジさんは、だいじょうぶって言《い》ってて……。」

「じつは、あのとき、チィちゃんがどこにいたのか知《し》っていたんです。けれど、今回《こんかい》は、チィちゃんの居場所《いばしょ》がわかりません。遊《あそ》びにいくときには、ひとこと言《い》ってくださいね、とお願《ねが》いして、最近《さいきん》は、チィちゃんもそれを守《まも》ってくれていました。」

細《ほそ》いあごに、レイジさんはこぶしを当《あ》てる。

「いま、心当《こころあ》たりのあるところに連絡《れんらく》をしていたのですが、みんな、チィちゃんの行方《ゆくえ》を知《し》らないということでした。遊《あそ》びに出《で》たのなら、だれも見《み》ていないということは、ないと思《おも》うんです。ひとりで遠《とお》くにいくとは思《おも》えませんし、なにかあったのか……。」

レイジさんが、しんけんな顔《かお》をしている。

いつもは、ふにゃふにゃしているから、レイジさんのまじめな顔《かお》が、わたしをさらに不《ふ》安《あん》にさせた。平均台《へいきんだい》を、うしろむきに歩《ある》いているような感《かん》じで、お腹《なか》がぞわぞわする。

それが顔《かお》に出《で》ていたみたいだ。

「おっと、すみません。ひびきさんを、そんなに不安《ふあん》がらせるつもりはなかったんです。これでは、福《ふく》の神失格《かみしっかく》ですね。」

レイジさんは、笑顔《えがお》をつくった。わたしのそばまできて、やさしく頭《あたま》をなでてくれる。

わたしは、左手《ひだりて》のブレスレットにふれた。

福《ふく》の神《かみ》さま特製《とくせい》のラッキーアイテムから勇気《ゆうき》をわけてもらう。

あごに力《ちから》を入《い》れて、レイジさんを見《み》あげた。

「わたし、チィちゃんをさがしてきます。レイジさんは、外出許可《がいしゅつきょか》をとったりしないで、ここで待機《たいき》していてください。チィちゃんを見《み》かけたひとから、連絡《れんらく》がくるかもしれませんから。まかせてください。わたし、福《ふく》の神《かみ》の弟子《でし》ですから！」

わたしの言葉《ことば》に、レイジさんは、目《め》を大《おお》きくした。でも、すぐに笑顔《えがお》になる。

「とても心強《こころづよ》いです。どうか、よろしくお願《ねが》いします。」

そう言《い》って、レイジさんは深《ふか》く頭《あたま》をさげた。

福神堂《ふくじんどう》をとびだしたわたしは、少《すこ》し考《かんが》えてから、絵理乃《えりの》ちゃんの家《いえ》を目指《めざ》した。

もしかしたら、チィちゃんは、ひとりで絵理乃《えりの》ちゃんに会《あ》いにいってしまったのかもしれない、と思《おも》ったからだ。

早足《はやあし》で歩《ある》くと、汗《あせ》がじわっとにじんだ。熱気《ねっき》で道路《どうろ》の上《うえ》がゆらりとゆれるなかを、ずんずん進《すす》む。そうして、絵理乃《えりの》ちゃんの家《いえ》にたどりつくと、インターホンを鳴《な》らす前《まえ》に、ドアがひらいた。なかから絵理乃《えりの》ちゃんが出《で》てくる。

こんどは、タヌキ耳《みみ》のない本物《ほんもの》の絵理乃《えりの》ちゃんだ。ドアにカギをかけようとしている。

「絵理乃《えりの》ちゃん！」

声《こえ》をかけると、絵理乃《えりの》ちゃんがこちらをふりかえった。

「あれ？　東堂《とうどう》ひびきだ。」

そう言《い》って、走《はし》ってくる。

「うわ、汗《あせ》だくじゃん。どうしたの？」

わたしは、おでこの汗《あせ》をぬぐった。

「うん、あのね――。」

絵理乃《えりの》ちゃんに説明《せつめい》しようとしたとき、駐車場《ちゅうしゃじょう》にあるひまわり色《いろ》の車《くるま》から、髪《かみ》の短《みじか》い女《おんな》のひとがおりてきた。

絵理乃《えりの》ちゃんのお母《かあ》さんだ。ふたりは顔《かお》がそっくりだった。絵理乃《えりの》ちゃんがおとなになったら、きっと、こんなふうになるんだろうな、って感《かん》じ。

「こんにちは。絵理乃《えりの》のママです。あなた、東堂《とうどう》さんだよね？」

絵理乃《えりの》ちゃんのお母《かあ》さんは、絵理乃《えりの》ちゃんの横《よこ》に立《た》つ。

「あ、はい。こんにちは。東堂《とうどう》ひびきです。」

「前《まえ》に、ちょっとだけ会《あ》ったことがあるんだけど、覚《おぼ》えてるかな？」

「はい、覚《おぼ》えてます。」

ストーカー事件《じけん》のときのことだ。

あのときは、絵理乃《えりの》ちゃんが泣《な》いていて、ちゃんとあいさつできなかったけど。

絵理乃《えりの》ちゃんのお母《かあ》さんは、にっこり笑《わら》う。

「絵理乃《えりの》は、最近《さいきん》、東堂《とうどう》さんの話《はなし》ばかりなんだよね。あなたのことが大好《だいす》きみたい。」

「もう、ママっ！　そんなこと言《い》わなくていいんだってばっ！」

顔《かお》を赤《あか》くした絵理乃《えりの》ちゃんが、お母《かあ》さんを、ぐいーっと、おした。

「それより、東堂《とうどう》ひびき、どうかしたの？」

「うん……。あの……絵理乃《えりの》ちゃん、出《で》かけるところだった？」

いまごろ気《き》づいたのだけど、車《くるま》は、ぶるぶるとエンジンの音《おと》をひびかせていた。絵理乃《えりの》ちゃんが家《いえ》のカギをしめていたということは、帰《かえ》ってきたんじゃなくて、これから、お出《で》かけするところだったんだろう。絵理乃《えりの》ちゃんのお母《かあ》さんは、車内《しゃない》の温度《おんど》をさげるために、先《さき》にのって、クーラーをかけていたにちがいない。

「ごはん食《た》べて、お買《か》いものしようって、話《はな》してたんだけど。あ、そうだ。東堂《とうどう》ひびきもいっしょにいかない？　そうしようよ。」

「えっと、わたしは……。」

もごもご言《い》いながら、絵理乃《えりの》ちゃんの家《いえ》を見《み》あげてみた。

それだけでは、家《いえ》のなかに、チィちゃんがいるかどうかわからない。

どうしよう。少《すこ》しだけ、なかを見《み》せてもらおうかな。

でも、本当《ほんとう》にチィちゃんは、ここにいるのかな。

なんだか自信《じしん》がなくなってきた。

「東堂《とうどう》ひびき？　ねえ、どうしたの？　顔色《かおいろ》、よくないよ？」

絵理乃《えりの》ちゃんが言《い》うと、絵理乃《えりの》ちゃんのお母《かあ》さんもわたしの顔《かお》をのぞきこんできた。

「本当《ほんとう》。熱中症《ねっちゅうしょう》だったら、まずいね。だいじょうぶ？」

「いえ、そういうのじゃないです。だいじょうぶです。」

そう答《こた》えたけど、わたしは足《あし》もとに視線《しせん》を落《お》としてしまう。

すると、絵理乃《えりの》ちゃんが言《い》った。

「ママ、あたし、今日《きょう》の予定《よてい》キャンセルね。東堂《とうどう》ひびきといっしょにいる。」

「あら、フラれちゃった。」

わたしが見《み》あげると、絵理乃《えりの》ちゃんのお母《かあ》さんは、小《ちい》さく笑《わら》っていた。

「お昼《ひる》はどうする？　ママ、外《そと》で食《た》べちゃうけど？」

「じぶんで用意《ようい》するから平気《へいき》。」

「火事《かじ》なんて起《お》こさないでよ？　ママ、ちょー心配《しんぱい》。」

「娘《むすめ》を信頼《しんらい》してよ。」

「レンジでできるのにしなさい。あと、ふたりとも、こまめに水分《すいぶん》をとること。」

そう言《い》って、絵理乃《えりの》ちゃんのお母《かあ》さんが絵理乃《えりの》ちゃんに千円札《せんえんさつ》をわたした。

「それじゃ、東堂《とうどう》さん、うちの絵理乃《えりの》をよろしくね。この子《こ》、しっかりしてるほうだとは思《おも》うんだけど、たまに、おかしなことしちゃうんだ。」

「あ、はい。」

「ママは、もう、いっていいから。」

絵理乃《えりの》ちゃんは、また、お母《かあ》さんを、ぐいーっと、おした。

絵理乃《えりの》ちゃんのお母《かあ》さんは、「はーい。」と、子《こ》どもみたいな言《い》いかたでへんじをして、運転席《うんてんせき》にもどっていった。窓《まど》をあけて、こちらに手《て》をふってから、車《くるま》を発進《はっしん》させる。

「まったく、もう。」

絵理乃《えりの》ちゃんは、両手《りょうて》を腰《こし》に当《あ》てて、車《くるま》をにらんでいた。

「絵理乃《えりの》ちゃんのお母《かあ》さん、かわいいひとだね。」

「ぜんぜん、かわいくないよ。怒《おこ》ると、すんごくこわいもん。それより、東堂《とうどう》ひびき、どうかしたわけ？　元気《げんき》ないでしょ？　お見通《みとお》しだぞ。」

絵理乃《えりの》ちゃんが、ずずい、と顔《かお》をよせてくる。

「うん。じつは――。」

わたしは、絵理乃《えりの》ちゃんに、チィちゃんがいなくなってしまったみたいだと伝《つた》えた。

「なにそれ！　たいへんじゃん！　うちにいるわけ？」

「絵理乃《えりの》ちゃんのことが気《き》になって、ついていっちゃったのかもって思《おも》ったの。」

「そっか。とにかく、さがしてみよう。あがって。」

わたしたちは、チィちゃんの名前《なまえ》を呼《よ》びながら、家《いえ》のなかをさがしてみた。

お風呂場《ふろば》、キッチン、ベッドの下《した》……。

チィちゃんは、どこにもいなかった。

「ねえ、やばくない？　あたしも協力《きょうりょく》するからさ、いっしょにさがそう。」

「でも、絵理乃《えりの》ちゃんのめいわくになっちゃうかも。ただ、どこかで遊《あそ》んでいるだけなのかもしれないし、だから、わたしひとりで——。」

「なに言《い》ってんだよ！」

絵理乃《えりの》ちゃんが、わたしの言葉《ことば》をさえぎった。

「こういうのは、ちゃんとしたほうがいいし、めいわくなんかじゃない。」

「絵理乃《えりの》ちゃん……。」

「チィちゃんが、遊《あそ》んでるだけで無事《ぶじ》だったら、それはそれでいいんだって。むしろ、そっちのほうがいいんだ。でも、なにかあって、助《たす》けを求《もと》めているかもしれないんだよ。それなら、さがしてあげないと。でしょ？　あたしのほうが、このあたりにくわしいもん。東堂《とうどう》ひびきを案内《あんない》することくらいはできる。だから、あたしを頼《たよ》れ、東堂《とうどう》ひびき！」

絵理乃《えりの》ちゃんの言葉《ことば》に、わたしは気持《きも》ちをまっすぐにする。背《せ》すじものびる。

「うん。そうだね。そうだ。ありがとう、絵理乃《えりの》ちゃん。」

○ チィちゃん大捜索《だいそうさく》 ○

わたしと絵理乃《えりの》ちゃんは、チィちゃんがいそうなところを、あちこちさがしまわった。

だけど、いい結果《けっか》は得《え》られなかった。

とちゅう、お昼休憩《ひるきゅうけい》のために、絵理乃《えりの》ちゃんを家《いえ》にさそった。

絵理乃《えりの》ちゃんは、お母《かあ》さんに、じぶんでお昼《ひる》ごはんを用意《ようい》すると言《い》っていたけど、うちで食《た》べればいいのだ。それなら火事《かじ》の心配《しんぱい》はない。朱音《あかね》さんに伝《つた》えたら、「まかせろーい。」と言《い》って、トマトとツナの冷製《れいせい》パスタをつくってくれた。

「うわ！　おいしい！　ママのより、おいしいかも！」

絵理乃《えりの》ちゃんがよろこんでくれて、わたしはうれしかった。ごはんを食《た》べおわってから、わたしたちは、また、チィちゃんをさがすために出《で》かけることにした。

「小学生《しょうがくせい》っつーのは、元気《げんき》だな。でも、日差《ひざ》しが強《つよ》いから、帽子《ぼうし》かぶっていきな。」

朱音《あかね》さんが、ツバの広《ひろ》い麦《むぎ》わら帽子《ぼうし》をわたしの頭《あたま》にかぶせ、絵理乃《えりの》ちゃんには、かっこいいロゴの入《はい》ったキャップを貸《か》した。絵理乃《えりの》ちゃんは、そういうのも似合《にあ》う。

「おお、かわいいな、おまえら。ちょっと写真《しゃしん》とらして。」

十枚《まい》くらい写真《しゃしん》をとられてから、わたしたちは、手《て》をつないで夏《なつ》の町《まち》へ出撃《しゅつげき》した。


絵理乃《えりの》ちゃんの案内《あんない》で、児童公園《じどうこうえん》をひとつずつチェックしていく。

小《ちい》さい子《こ》が遊《あそ》んでいる公園《こうえん》もあれば、暑《あつ》さのせいか、だれもいない公園《こうえん》もあった。

チィちゃんのへんじを期待《きたい》して、わたしたちはなんども名前《なまえ》を呼《よ》んだ。

だけど、どこからも、まったく反応《はんのう》がないから、心《こころ》が少《すこ》しずつ弱《よわ》くなってくる。

チィちゃんになにかあったら、どうしよう……って。

路上《ろじょう》にとまっている車《くるま》のかげから、まんまるいおモチみたいな白《しろ》ネコがあらわれたのは、そんなときだった。

「ニャにしとんねん、福《ふく》の神《かみ》の弟子《でし》。でかい声《こえ》、出《だ》しよって。」

「あ、モコさん。」

「ネ、ネコがしゃべった!?」

手《て》をつないでいる絵理乃《えりの》ちゃんが、大《おお》きな声《こえ》を出《だ》す。

「ねえ、東堂《とうどう》ひびき、いま、ネコがしゃべってたよ！」

わたしが、はじめてモコさんと会《あ》ったときと、似《に》たようなリアクションだ。

「ニャんや、そいつ、人間《にんげん》のムスメかいニャ。ふつうに、しゃべってもうた。」

「あ、だいじょうぶです。絵理乃《えりの》ちゃんは、わたしが福《ふく》の神《かみ》の弟子《でし》って知《し》ってますから。」

「ふん。ニャらええか。」

「あのね、絵理乃《えりの》ちゃん。モコさんは、ネコマタっていうアヤカシなんだ。ほら、しっぽが二本《ほん》あるでしょ？」

「あ、ほんとだ。」

モコさんが、ぽてぽて、わたしたちの足《あし》もとまで歩《ある》いてくる。

わたしと絵理乃《えりの》ちゃんは、モコさんの前《まえ》でしゃがんだ。

「わたしの友《とも》だちの絵理乃《えりの》ちゃんです。」

絵理乃《えりの》ちゃんは、ぺこり、と頭《あたま》をさげる。

「秋山絵理乃《あきやまえりの》です。」

「おれの名はモコや。ネコマタっちゅーやつやニャ。」

モコさんは、二本《ほん》のしっぽをゆらしながら、おひげをぴくぴくさせた。

「おお、関西弁《かんさいべん》。」

絵理乃《えりの》ちゃんが、そっと手《て》をのばして、モコさんのあごの下《した》をふしゃふしゃなでる。

「あー、そこそこ、気持《きも》ちええわ、スペシャリスト……って、ニャにやらすねんっ！　おれは、ネコか！」

モコさんは前足《まえあし》で、ぺしょん、と絵理乃《えりの》ちゃんの手《て》をたたいた。肉球《にくきゅう》がぷにっと当《あ》たるだけの痛《いた》くないやつだ。

「いや、モコさんは、ネコじゃないですか。正確《せいかく》には、ネコマタですけど。」

わたしがつっこむと、絵理乃《えりの》ちゃんが「あ！」と、声《こえ》をあげた。

「なんか、漫才《まんざい》みたいなことしてる。あたしもまざりたいっ。」

モコさんは、短《みじか》い前足《まえあし》で、顔《かお》を洗《あら》う。

「今日《きょう》もホンマ暑《あつ》いニャ。三十度《ど》いっとるらしいわ。このまま、気温《きおん》あがりつづけたら、十二月《がつ》には五十度《ど》こえとるやろうニャ。」

「地球温暖化《ちきゅうおんだんか》らしいですもんね……って、そんなわけないじゃないですか。」

「ノリつっこみ！　東堂《とうどう》ひびきとモコさん、息《いき》ぴったりだな！」

モコさんの冗談《じょうだん》で、弱《よわ》い心《こころ》が立《た》ちなおり、むくむく元気《げんき》がわいてくる。

「わたしたち、チィちゃんをさがしていたんです。モコさん、見《み》かけていませんか？」

「ちんまいツクモの嬢《じょう》ちゃんのことかいニャ？　見《み》てへんニャ。」

「……そうですか。」

「ニャんや、いニャくニャってもうたんか？」

「はい。昨日《きのう》から、福神堂《ふくじんどう》にもどっていなくて……。」

モコさんは、もふん、と鼻《はな》を鳴《な》らす。

「そしたら、おれも、ちょお、さがしといたるわ。」

「え？　いいんですか？」

「ネコの手《て》も借《か》りたいとこやろ？」

「ありがとうございます、モコさん。お願《ねが》いします。」

「礼《れい》ニャんかいらへん。あの嬢《じょう》ちゃんとは、いつか勝負《しょうぶ》をつけニャ、アカンと思《おも》うとった

ところや。あいつをたおすのは、おれや。ほかのやつには、やらせへん。」

「いや、たおしたりしないでください。」

モコさんは、また、もふん、と鼻《はな》を鳴《な》らすと、わたしたちの足《あし》もとをすりぬけた。

「ニャんかわかったら、教《おし》えたるわ。ほニャ。」

そのまま、ぽてぽて歩《ある》いていって、見《み》えなくなる。

絵理乃《えりの》ちゃんが、わたしの手《て》を強《つよ》くにぎってくれた。

「なにかわかるといいね、東堂《とうどう》ひびき。」

「うん。わたしたちも、次《つぎ》の公園《こうえん》にいってみよう。」


夕方《ゆうがた》になるまで、わたしたちは、チィちゃんをさがしつづけた。

でも、残念《ざんねん》ながら、チィちゃんを発見《はっけん》することはできなかった。

「ごめん、東堂《とうどう》ひびき。あたし、ぜんぜん役《やく》に立《た》たなかった。」

「そんなことない。いっしょにいてくれてありがとう。絵理乃《えりの》ちゃんは、おうちに帰《かえ》ったほうがいいよ。お母《かあ》さん、もう帰《かえ》ってるでしょ？　おそくなったら心配《しんぱい》させちゃう。」

「……東堂《とうどう》ひびきは、どうするの？」

「レイジさんのところにいってみる。チィちゃん、もどってきてるかもしれないし。」

「もどってるかな？」

「わからない。とにかく、確認《かくにん》してくる。」

「東堂《とうどう》ひびき、あんまり無理《むり》しちゃダメだよ？　東堂《とうどう》ひびきも、ちゃんと帰《かえ》らなかったら、朱音《あかね》さん、心配《しんぱい》すると思《おも》う。あと、これ、ありがと。」

絵理乃《えりの》ちゃんが、朱音《あかね》さんのキャップをかえしてくれた。

「なにかわかったら電話《でんわ》して。わかんなくても電話《でんわ》して。約束《やくそく》。」

「うん、約束《やくそく》。」


福神堂《ふくじんどう》のガラス戸《ど》をあける。チリン、チリン、と鈴《すず》が鳴《な》った。

「チィちゃん？　いる？」

麦《むぎ》わら帽子《ぼうし》をとって、お店《みせ》のなかを見《み》まわす。

「お帰《かえ》りなさい、ひびきさん。」

レイジさんが、レジの横《よこ》の黒電話《くろでんわ》に受話器《じゅわき》を置《お》いたところだった。

「あの、チィちゃんは……。」

レイジさんは、ゆるゆると首《くび》をふった。

「まだ、見《み》つかっていません。」

わたしは、ぎゅっ、と麦《むぎ》わら帽子《ぼうし》をにぎりしめる。

「わたし、もう一回《いっかい》さがしてきます。」

福神堂《ふくじんどう》をとびだそうとしたら、「待《ま》ってください。」と、レイジさんにとめられた。

レイジさんは、段差《だんさ》をおりると、わたしの前《まえ》まで歩《ある》いてきて、腰《こし》をかがめた。

「これから暗《くら》くなってきますし、今日《きょう》はもう、おうちに帰《かえ》りましょう。」

「でも……。」

「だいじょうぶですよ。ぼくは福《ふく》の神《かみ》ですからね。みんなをしあわせにすることが、ぼくのしごとです。それに、チィちゃんは強《つよ》い子《こ》です。きっと、無事《ぶじ》ですし、ひびきさんを泣《な》かせるような結末《けつまつ》にはなりません。どうか信《しん》じてください。」

にっこり笑《わら》って、レイジさんはつづける。

「さあ、今日《きょう》は帰《かえ》って、休《やす》みましょう。ね？　お願《ねが》いします。」

「……はい。」


家《いえ》に帰《かえ》り、絵理乃《えりの》ちゃんに電話《でんわ》をした。チィちゃんは、もどってなかった、って。

朱音《あかね》さんの手《て》づくりギョーザを食《た》べてから、ぬるめのお風呂《ふろ》に入《はい》った。

一日中《いちにちじゅう》、歩《ある》きまわったから、足《あし》が重《おも》い。

湯船《ゆぶね》に口《くち》までつかって、ぶくぶくした。

チィちゃんは、どこへいってしまったんだろう？

レイジさんが言《い》うには、福神堂《ふくじんどう》の前《まえ》に、チィちゃんの絵《え》が残《のこ》されていたらしい。

それが昨日《きのう》の午後《ごご》六時《じ》くらい。いまの季節《きせつ》なら、まだあかるい時間《じかん》だ。

チィちゃんが、じぶんで、どこかにいってしまったなら、アヤカシのだれかが目撃《もくげき》していそうなものだけど、レイジさんのところに、そういう情報《じょうほう》はきていないみたい。

だとしたら――。

「……チィちゃんは、だれかにさらわれた？」

○　誘拐《ゆうかい》　○

イスにすわり、読《よ》みかけのままにしていた『ワンダー』を手《て》にとる。

主人公《しゅじんこう》は、オーガストという十歳《さい》の男《おとこ》の子《こ》だ。みんなから、オギーと呼《よ》ばれている。

オギーには、やさしくて美人《びじん》のお母《かあ》さんと、ハンサムなお父《とう》さんと、キレイなお姉《ねえ》さんがいる。みんな、オギーを愛《あい》してる。

オギーは、学校《がっこう》にいったことがない。生《う》まれたときから病気《びょうき》で、なんども手術《しゅじゅつ》をしていたからだ。そして、顔《かお》が「ふつう」じゃない。はじめて見《み》たひとが、おどろいて、悲鳴《ひめい》をあげてしまうような顔《かお》をしている。そんなオギーが学校《がっこう》にいくことになる、というお話《はなし》。

でも、今日《きょう》は、ちゃんと読《よ》めそうにない。

わたしは、つくえに本《ほん》を置《お》いて、つるつるした水色《みずいろ》の表紙《ひょうし》をなでた。

それから、くてっと、つっぷす。

「チィちゃん、どこにいるんだろう……。」

そのとき、コン、という音《おと》がした。窓《まど》のほうからだ。

体《からだ》を起《お》こして、カーテンを閉《し》めた窓《まど》を見《み》つめる。

また、コン、という音《おと》が聞《き》こえた。立《た》ちあがって、窓《まど》をあけてみる。

見《み》おろすと、家《いえ》の前《まえ》にある街灯《がいとう》の下《した》に、ひとの姿《すがた》があった。

くりっとした目《め》に、ツンツン髪《がみ》のせいで、ハリネズミみたいな感《かん》じがする男《おとこ》の子《こ》。

「エイタくん！　どうしたの？」

バクのエイタくんだ。バクというのは、夢《ゆめ》を食《た》べるアヤカシのこと。

「お、気《き》づいたか、東堂《とうどう》ひびき。」

エイタくんは、小石《こいし》かなにかを、わたしの部屋《へや》の窓《まど》にぶつけていたみたいだ。

右手《みぎて》をふりかぶっていた。わたしを見《み》て、にひっ、と笑《わら》う。

「こんな時間《じかん》にわるいんだけど、ちょっと、おりてきてくれ。話《はなし》がある。」

「話《はなし》？」

「福《ふく》の神《かみ》んとこのちびっこの件《けん》だ。」

「待《ま》ってて！　すぐおりる！」

わたしは部屋《へや》をとびだした。階段《かいだん》をおり、サンダルをはいて、家《いえ》の外《そと》に出《で》る。

「チィちゃんのこと、なにかわかったの？」

「いや、わかったっつーか……まあ、本人《ほんにん》から聞《き》いてくれよ。」

「え？　本人《ほんにん》？」

「こいつだよ、こいつ。」

エイタくんが、左《ひだり》のポケットを指《ゆび》さす。もぞもぞ動《うご》いていた。

「ひー　ぴー　きー。」

小《ちい》さな声《こえ》も聞《き》こえたので、よく見《み》てみる。

「チ、チィちゃん!?」

そこには、とても小《ちい》さなチィちゃんがいた。エイタくんは、むぞうさに、チィちゃんのワンピースをつまむと、わたしに「ん。」と、さしだしてくる。

チィちゃんは、「はなすのっ、はなすのっ。」と、手足《てあし》をバタバタさせた。

「どうしたの、チィちゃん？　え？　なんで、こんなに小《ちい》さく……？」

わたしは、両手《りょうて》のひらに、チィちゃんを受《う》けとった。

チィちゃんは、手《て》のひらサイズにちぢんでいた。ほとんど重《おも》さも感《かん》じない。なにがなんだかわからなくて、エイタくんを見《み》る。

「そんな目《め》で見《み》られても、おれもわかんないよ。」

エイタくんは、肩《かた》をすくめた。

「福《ふく》の神《かみ》んとこのちびっこがいなくなった、って話《はなし》は、おれの耳《みみ》にもとどいてた。だから、軽《かる》くさがしてみたんだ。」

「さがしてくれたんだ？　ありがとう。それで、チィちゃんは、どこにいたの？」

「ふつうに道《みち》を歩《ある》いてたぞ。駅前《えきまえ》の歩道橋《ほどうきょう》のあたりだよ。ただ、そのサイズだろ？　まったく進《すす》めてなかったな。話《はなし》を聞《き》いてみようとしたんだけど、なに言《い》ってんのか、わかんなくてさ。逃《に》げようとするし。だから、つかまえて、とりあえず連《つ》れてきた。」

わたしの手《て》のひらの上《うえ》で、チィちゃんは、エイタくんに「いーっ」て、顔《かお》をした。

「とにかく、エイタくんが、チィちゃんを助《たす》けてくれたんだね。本当《ほんとう》にありがとう。」

「べつに。おれは、たいしたことしてないよ。」

「ううん。わたし、チィちゃんのこと、心配《しんぱい》でしかたなかったから、無事《ぶじ》だってわかって、いま、すごくホッとしてる。ありがとう。」

エイタくんは、ポケットに手《て》を入《い》れて、片目《かため》を細《ほそ》める。

「ふーん。わるくない顔《かお》するようになったじゃんか。」

「みんなのおかげだよ。エイタくんもそのひとり。」

わたしがそう言《い》うと、エイタくんは、イタズラっぽく、にひっ、と笑《わら》った。

「じゃ、おれ、いくから。またな。」

ポケットから片手《かたて》を出《だ》して、ひらひらふると、エイタくんは、夜《よる》にとけるみたいに消《き》えていった。わたしは、深《ふか》くおじぎをしてから、部屋《へや》にもどった。

イスにすわり、小《ちい》さくなってしまったチィちゃんとむきあう。

「それで、チィちゃん、なにがあったの？　話《はな》してくれない？」

「うんとね、チィ、にげてきたの。」

「逃《に》げてきた？　どういうこと？」

チィちゃんは、腕組《うでぐ》みをして、ぽてん、と首《くび》をかしげる。

「チィ、お店《みせ》の前《まえ》で絵《え》をかいてたの。そしたら、見《み》たことないひとがきて、チィの絵《え》、『ジョウズネ。』って言《い》ったの。チィ、ほめられて、うへへってなったの。それからね、そのひとが、『イッショニ、オイデ。』って言《い》ったの。チィ、『レイジに言《い》わないとダメなんだよ。』って話《はな》したの。そしたら、急《きゅう》に眠《ねむ》くなって、へなへなーってなっちゃった。」

「え？」

「それで、起《お》きたら、福神堂《ふくじんどう》じゃなかったの。暗《くら》いところにいたの。」

腕《うで》がぞわぞわっとする。

「眠《ねむ》らされて、どこかに連《つ》れていかれたってこと？　それって誘拐《ゆうかい》じゃない。」

さっき、その可能性《かのうせい》を考《かんが》えたばかりだった。やっぱり、そういうことなのか。

「それでね、チィ、『帰《かえ》んなきゃ。』って言《い》ったの。でも、聞《き》いてもらえなかったの。だからね、本《ほん》をやぶいて、にげてきたの。」

「本《ほん》を破《やぶ》いた？」

「気《き》づかれないようにね、一枚《まい》、ぴっ、てしたの。」

そうか。チィちゃんは、本《ほん》のツクモだ。きっと、一ページをじぶんで破《やぶ》いたんだ。

一ページぶんだから、こんなに小《ちい》さくなってしまったにちがいない。

「そんなことして、だいじょうぶ？　どこか痛《いた》いところはない？」

「痛《いた》くないの。」

チィちゃんが痛《いた》い思《おも》いをしていないようなので、それには安心《あんしん》する。

けれど、一ページぶんだけ、破《やぶ》いて逃《に》げてきたってことは――。

「じゃあ、チィちゃんの本体《ほんたい》は、まだ、つかまったままなの？」

この質問《しつもん》に、チィちゃんは、大《おお》きくうなずく。

それは問題《もんだい》だ。大問題《だいもんだい》だ。助《たす》けなきゃ。

「連《つ》れていかれた場所《ばしょ》が、どこだかわかる？」

小《ちい》さなチィちゃんは、ふるふる首《くび》をふった。

「そっか……。あっ！　前《まえ》に、髪《かみ》の毛《け》が矢印《やじるし》みたいになって、ストーカーを見《み》つけだせたよね？　あのときと同《おな》じこと、できない？」

チィちゃんは「むむむ。」と、うなった。髪《かみ》の毛《け》のたばが、ぴょこん、と立《た》ちあがる。

でも、すぐに、へなへなっと、もとにもどってしまった。

「……うまくできないの。ごめんなさいなの。」

「ううん。あやまらないで。チィちゃんが無事《ぶじ》でいてくれただけで、うれしいよ。」

小《ちい》さくなったチィちゃんにほおをよせる。

チィちゃんが、ぷにっ、と全身《ぜんしん》で、くっついてきた。ほのかにあたたかい。

「今日《きょう》ね、みんなでチィちゃんをさがしたんだ。レイジさんも、絵理乃《えりの》ちゃんも、すごく心配《しんぱい》してたよ。ムジナくんや、モコさんも協力《きょうりょく》してくれたんだ。今日《きょう》はもうおそいけど、明日《あした》、みんなに、だいじょうぶだったって伝《つた》えないとね。そのあとは、本体《ほんたい》を見《み》つけにいかないと。レイジさんに相談《そうだん》してみよう。」

「うん、なの。」

「もう、こわくないよ。今日《きょう》は、いっしょに寝《ね》よう。」

チィちゃんのために、枕《まくら》もとにハンドタオルのおふとんを用意《ようい》した。

そこにチィちゃんを寝《ね》かせてから、わたしも、ベッドに横《よこ》になる。

チィちゃんは、とてもつかれていたのだろう、すぐに小《ちい》さな寝息《ねいき》が聞《き》こえてきた。

わたしも歩《ある》きまわったので、つかれていた。足《あし》のうらが、じんじんする。

それでも、眠《ねむ》りがやってくるまでのあいだ、わたしは考《かんが》えた。

チィちゃんをさらった犯人《はんにん》は、だれなのだろう？

相手《あいて》は人間《にんげん》ではないのだと思《おも》う。チィちゃんを、眠《ねむ》らせた手口《てぐち》も、人間《にんげん》のしわざっぽくない。そもそも、チィちゃんは、ふつうのひとには見《み》えないのだし。

犯人《はんにん》は、チィちゃんを誘拐《ゆうかい》して、どうしようとしたんだろう？

明日《あした》、レイジさんに話《はな》してみよう。

チィちゃんの本体《ほんたい》を、無事《ぶじ》に救出《きゅうしゅつ》しなければならない。

これは、わたしが福《ふく》の神《かみ》の弟子《でし》になってから、最大《さいだい》の事件《じけん》かもしれない。


……あれ？　まただ。わたしは、また、枯《か》れ葉色《はいろ》の部屋《へや》にいた。

絵《え》をかく男《おとこ》のひとの正面《しょうめん》に、和服姿《わふくすがた》の女《おんな》のひとがすわっている。

女《おんな》のひとのひざには、りっぱな本《ほん》がのっていた。

「少《すこ》し風《かぜ》が出《で》テきたネ、寒《さむ》くはなイ？」

男《おとこ》のひとが話《はな》しかけると、女《おんな》のひとは、やわらかな笑《え》みをうかべた。

「いいえ。ちっとも寒《さむ》くありませんわ。」

それは、前《まえ》に夢《ゆめ》で見《み》たのと同《おな》じやりとりだった。

「だって、あなたがそばにいてくれるのですもの。チェルシーも。」

女《おんな》のひとは、そっと本《ほん》を胸《むね》にだく。

「このしあわせを、みんなにもわけてあげたいくらいですわ。」

「ボクは、だレにモ、キミを、わけてあげたくなイけどネ。」

ハチミツみたいに甘《あま》くて、やさしい時間《じかん》。

「ずっと、いっしょにいてくださいね。」

「もちロンだとモ。ずっと——。」

男《おとこ》のひとが言《い》いかけているとちゅうで、とつぜん、ぼーん、ぼーん、という音《おと》がした。

びっくりして、わたしは、そちらに目《め》をむける。

柱時計《はしらどけい》の鐘《かね》が鳴《な》っているんだ。針《はり》がぐるぐるといきおいよく回転《かいてん》していた。

いっしょに、部屋《へや》のなかもまわっているみたいに感《かん》じる。

まっすぐ立《た》っていられない。わたしは、しゃがんで、目《め》をつむった。

やがて、鐘《かね》の音《おと》が聞《き》こえなくなり、部屋《へや》が回転《かいてん》しているような感《かん》じも消《き》えた。
そっと、まぶたをひらいて、あたりを見《み》まわしてみる。
ふしぎなことに、家具《かぐ》がたおれていたりはしなかった。
鐘《かね》が鳴《な》る前《まえ》となにもかわらない。一瞬《いっしゅん》、そう思《おも》った。
でも、ちがった。
女《おんな》のひとの姿《すがた》がなくなっていた。ただ、イスの上《うえ》に本《ほん》が置《お》いてあるばかり。
男《おとこ》のひとが絵筆《えふで》を落《お》とし、絵《え》の具《ぐ》がとびちる。
「×××？」
たぶん、女《おんな》のひとの名前《なまえ》を呼《よ》んだんだ。へんじは、どこからもなかった。
男《おとこ》のひとは、わたしにはわからない言葉《ことば》でさけび、泣《な》きながら床《ゆか》にうずくまった。
それは、ひどく胸《むね》が痛《いた》む光景《こうけい》だった。
こんなの、前《まえ》は見《み》てない。……どういうこと？　なにが起《お》きたの？
あの女《おんな》のひとは、どうしてしまったんだろう？　どこへいってしまったんだろう？
イーゼルにかけられた絵《え》にだけ、女《おんな》のひとの笑顔《えがお》が残《のこ》されている。

○ 新情報《しんじょうほう》 ○

目《め》を覚《さ》ましたわたしは、もそっとベッドから起《お》きあがった。

チィちゃんは、ハンドタオルのおふとんで、まぁるくなって寝《ね》ていた。でも、わたしが起《お》きたことに気《き》づいたみたいで、ふにゃふにゃ、とまぶたをこする。

「おはよう、チィちゃん。体《からだ》はなんともない？」

チィちゃんは、背中《せなか》の羽《はね》をぱたぱたさせた。

「なんともないの。でも、チィ、ヘンな夢《ゆめ》、見《み》たの。」

「ヘンな夢《ゆめ》？　どんな？」

「だれかが泣《な》いてた。ぽーろ、ぽーろ、泣《な》いて、名前《なまえ》を呼《よ》んでたの。」

それなら、わたしも見《み》た。

あれは、チィちゃんが見《み》たものと同《おな》じ夢《ゆめ》ってこと？

チィちゃんが、誘拐《ゆうかい》されたことと、なにか関係《かんけい》があるんだろうか？

「とにかく、まずは、朝《あさ》ごはんを食《た》べよう。それから、絵理乃《えりの》ちゃんに電話《でんわ》して、福神堂《ふくじんどう》にいかないとね。レイジさんに知《し》らせなくちゃ。」

福神堂《ふくじんどう》の居間《いま》で、わたしは、レイジさんと絵理乃《えりの》ちゃんに昨夜《さくや》からのことを説明《せつめい》した。

話《はなし》を聞《き》きおえたレイジさんが、しんけんな顔《かお》でうなずく。

「そうですか。」

「つまり、ひとまず、チィちゃんの無事《ぶじ》は確認《かくにん》できたものの、まだ、安心《あんしん》はできないということですね。」

「なにそれ！　ゆるせないよ！　チィちゃんを無理《むり》やり連《つ》れてくなんて！」

わたしのとなりにすわっている絵理乃《えりの》ちゃんが、ばしばし、と畳《たたみ》をたたく。

レイジさんが、わたしの頭《あたま》の上《うえ》にひっついているチィちゃんを見《み》つめた。

「どのような方《かた》が、チィちゃんを連《つ》れ去《さ》ったのか、覚《おぼ》えていますか？　性別《せいべつ》は？」

「顔《かお》がまっ白《しろ》でね、目《め》が黒《くろ》い女《おんな》のひと。まっ黒《くろ》な服《ふく》を着《き》てたの。」

犯人《はんにん》は女《おんな》のひと……か。

「ふむ。では、どこへ連《つ》れていかれたのか、場所《ばしょ》はわかりませんか？」

「暗《くら》いところなの。広《ひろ》かったよ。ソファとかね、つくえとか、たおれてた。」

「暗《くら》くて広《ひろ》いところで、家具《かぐ》がたおれていたのですね……。う～ん。」

残念《ざんねん》ながら、それだけの情報《じょうほう》では、「だれが、どこに」チィちゃんを連《つ》れ去《さ》ったのかを特定《とくてい》することは、むずかしそうだった。

「あの、レイジさん、こんなときですし、チィちゃんの心《こころ》を読《よ》んで、どこに連《つ》れていかれたのか、調《しら》べることはできませんか？」

レイジさんは、福《ふく》の神《かみ》のチカラで、ひとの心《こころ》を読《よ》むことができる。それで、チィちゃんの本体《ほんたい》がいる場所《ばしょ》がわかるんじゃないか、と期待《きたい》したのだけど……。

「じつは、ためしてはみたんです。しかし、薄暗《うすぐら》い映像《えいぞう》がうかぶばかりで、どこだか見当《けんとう》がつきません。」

わたしは、きゅっと、くちびるをむすんで、手《て》をにぎりしめる。

なにか、新《あたら》しい情報《じょうほう》があればいいんだけど……。

そのとき、入《い》り口《ぐち》のほうから、チリン、チリン、という鈴《すず》の音《おと》が聞《き》こえてきた。

「……ご、ごめんください。」

声《こえ》に反応《はんのう》して、みんな、いっせいに居間《いま》からとびだしていた。

本棚《ほんだな》のあいだには、セーラー服《ふく》を着《き》たキレイな黒髪《くろかみ》のお姉《ねえ》さんが立《た》っている。

「わわわっ!?」

わたしたちのいきおいにおどろいたみたいで、お姉《ねえ》さんは、大《おお》きくのけぞった。

「ミユキさん！」

お姉《ねえ》さんの名前《なまえ》は、福無《ふくなし》ミユキさん。以前《いぜん》は、顔《かお》をかくすように前髪《まえがみ》をたらしていたんだけど、いまはヘアピンでとめている。そうすると、キレイな目《め》がよく見《み》える。

「……すみません、すみません。わたしのような者《もの》が、福《ふく》の神《かみ》さまのお店《みせ》に足《あし》をふみいれるなどと、おこがましいことを！　いますぐに出《で》ていきますので っ！」

くるりとふりかえったミユキさんは、足《あし》をもつれさせてしまい、その場《ば》で転《ころ》んだ。

「ふぎゃう！」

「うわ、だいじょうぶですか？」

絵理乃《えりの》ちゃんがびっくりして、目《め》をぱちぱちさせる。

「って、なんで、ミユキさんがここに？　だって、ここって、ふつうのひとはこられないんじゃ……。」

「あ、うん。えっとね。絵理乃《えりの》ちゃんには、ミユキさんのこと、親戚《しんせき》のお姉《ねえ》さんって説明《せつめい》したけど、本当《ほんとう》はね、貧乏神《びんぼうがみ》さんなんだよ。」

そう。ミユキさんは、ただのお姉《ねえ》さんじゃなくて、神《かみ》さまの仲間《なかま》なのだ。

「へえー、貧乏神《びんぼうがみ》か、なるほどね……って、ええええええーっ！」

絵理乃《えりの》ちゃんの大声《おおごえ》に、わたしの頭《あたま》にひっついているチィちゃんが、「ひあ。」と、おどろいていた。わたしは、たおれているミユキさんに「どうぞ。」と、両手《りょうて》をさしだす。

「……あぅあぅ、ひびきさま。いつも、ごめいわくをおかけしております。」

ミユキさんは、よろよろと立《た》ちあがった。前髪《まえがみ》が、ぱさっと目《め》をかくしてしまう。

「あれ、ピンがはずれちゃってますね。」

転《ころ》んだひょうしに、とれちゃったみたいだ。しゃがんで、さがしてみる。

「どこだろ？　棚《たな》の下《した》に転《ころ》がっちゃったのかな？」

「……あ、だいじょうぶです。むしろ、視界《しかい》がわるくなって、ちょっと落《お》ちつきます。」

いや、それはどうなんだろう……。

「あとで、ちゃんと見《み》つけておきますね。」

「……いえ、そんな、気《き》にしないでください。ヘアピンのひとつやふたつ、どうということはありません。そんなことより、いまは——。」

ミユキさんは、わたしの頭《あたま》の上《うえ》にいるチィちゃんをのぞきこんだ。

「……ああ、師匠《ししょう》。いなくなってしまったと聞《き》いて、心《こころ》を痛《いた》めておりました。まさか、このようなお姿《すがた》になっていたとは……。でも、愛《あい》らしいです。ご無事《ぶじ》でなによりです。」

「ふむ、なの。」

「ミ、ミユキさんが貧乏神《びんぼうがみ》だったなんて……。はは、あはは、一度《いちど》に、いろいろありすぎて、理解《りかい》が追《お》いつかないよ……。」

絵理乃《えりの》ちゃんは、ひとり、混乱《こんらん》している。無理《むり》もないと思《おも》う。

「……絵理乃《えりの》さま。いままで、ウソをついていて、ごめんなさい。」

ミユキさんは、絵理乃《えりの》ちゃんにむきなおって、ぺこん、と頭《あたま》をさげた。

「……えっと、えっと、その節《せつ》は、たいへんお世話《せわ》になりました。」

絵理乃《えりの》ちゃんは、ぬへっとした顔《かお》で、ミユキさんを見《み》る。

「ウソつかれた、なんて思《おも》ってませんよ。そりゃ、貧乏神《びんぼうがみ》です、なんて急《きゅう》に言《い》えませんよね。……っていうか、ミユキさん、神《かみ》さまなのか……。マジか……。」

頭《あたま》をかかえた絵理乃《えりの》ちゃんは、「ぬぅおおお！」と、うなっている。

「ミユキさん。ひょっとして、チィちゃんの件《けん》で、おわかりになったことでも？」

レイジさんが呼《よ》びかけると、ミユキさんは、「……はっ、そうでした。」と、大《おお》きくうなずいた。

「……あ、でも、本当《ほんとう》に師匠《ししょう》のことと関係《かんけい》があるのかは、わからないんですけど。それに、こうして、師匠《ししょう》がご無事《ぶじ》だったのなら、いまさら、よけいなことなのかも……。」

ミユキさんは、下《した》をむいてしまう。

「いえ。今回《こんかい》の事件《じけん》は、まだ、解決《かいけつ》していないんです。」

「……そうなのですか、ひびきさま。」

わたしは、ミユキさんにも、昨夜《さくや》からのことを説明《せつめい》した。

何者《なにもの》かにさらわれたチィちゃんが、本体《ほんたい》を破《やぶ》いて逃《に》げてきた、という部分《ぶぶん》で、ミユキさ

ん は 胸《むね》に手《て》を当《あ》てて「……おいたわしや。」と、うめいた。

「そういうわけですから、わかっていることがあれば、教《おし》えてほしいんです。」

「……わたしのような者《もの》の情報《じょうほう》が役《やく》に立《た》てばいいのですけど……。昨日《きのう》、師匠《ししょう》のことをお聞《き》きしてから、いろいろ調《しら》べてみたんです。残念《ざんねん》ながら、師匠《ししょう》がいらっしゃる場所《ばしょ》はわかりませんでした。でも、ちょっと気《き》になることを耳《みみ》にしたんです。あの、海《うみ》の近《ちか》くに、廃《はい》墟《きょ》があるのをご存《ぞん》じでしょうか？　ずいぶん、むかしに閉鎖《へいさ》された病院《びょういん》なのですが。」

「あ、そういえばあるね。廃病院《はいびょういん》。」

うなってた絵理乃《えりの》ちゃんが、こっちの会話《かいわ》にもどってくる。

「ボロボロだし、あぶないから近《ちか》づいちゃいけないんだよ。」

「言《い》われてみれば、夏休《なつやす》みのしおりに書《か》いてあったような……。」

記憶《きおく》をたどってみる。遊《あそ》びにいってはいけない場所《ばしょ》のところに、書《か》いてあったはずだ。

「その病院《びょういん》がどうかしたんですか？」

わたしがたずねると、ミユキさんは、こくりとうなずいた。

「……はい。じつは、そこに数日前《すうじつまえ》から、よくないアヤカシがいるみたいなんです。」

○　廃病院《はいびょういん》　○

福神堂《ふくじんどう》を出《で》ると、死神《しにがみ》さんが腕《うで》を組《く》み、カベによりかかって立《た》っていた。

「風邪《かぜ》は、すっかりよくなったようだな、小《ちい》さき者《もの》よ。」

わたしが寝《ね》こんでしまったとき、死神《しにがみ》さんは、ミユキさんといっしょに、お見舞《みま》いにきてくれたのだ。

「こんにちは、死神《しにがみ》さん。」

「し、死神《しにがみ》？」

絵理乃《えりの》ちゃんが、わたしの背中《せなか》にかくれる。

「おや、いらしてたんですね、死神《しにがみ》さん。」

ふにゃっとした福《ふく》の神《かみ》スマイルをうかべて、レイジさんが話《はな》しかけた。

「せっかくですから、お店《みせ》のなかまできてくだされればよかったのに。暑《あつ》いでしょう？」

暑《あつ》いでしょう？　なんて言《い》って、レイジさんも死神《しにがみ》さんも、汗《あせ》ひとつかいていない。

「われは、おまえに会《あ》いたくなかったのだ。」

死神《しにがみ》さんは、クールに言《い》うと、ミユキさんに視線《しせん》をむけた。

「それで、どうなった？」

「……はい。あの、師匠《ししょう》は、どなたかに誘拐《ゆうかい》されてしまったようなのです。それで、関係《かんけい》があるか、はっきりしませんが、例《れい》の廃病院《はいびょういん》にいってみようということに……。」

死神《しにがみ》さんは、わたしを見《み》る。

「おまえもいくのか、小《ちい》さき者《もの》？」

「はい。わたしは、福《ふく》の神《かみ》の弟子《でし》ですし、チィちゃんのためですから。」

死神《しにがみ》さんは、わたしのうしろにかくれている絵理乃《えりの》ちゃんにも目《め》をやる。

「何者《なにもの》だ？」

「エリノだよ。」

チィちゃんが言《い》った。

「チィの友《とも》だちなの。エリノは、チィと、ひびきと、ミユキと、友《とも》だちなの。」

わたしは、一度《いちど》ふりかえって、絵理乃《えりの》ちゃんに死神《しにがみ》さんを紹介《しょうかい》する。

絵理乃《えりの》ちゃんは、「秋山絵理乃《あきやまえりの》です。」と、小《ちい》さな声《こえ》で名《な》のった。

「人間《にんげん》のムスメだな？」

「……はい。」

「そうか。では、絵理乃《えりの》とやら、キミは帰《かえ》りたまえ。」

「な、なんでですか？　あたしだって、チィちゃんのために、なにかしたい……です。」

わたしの右《みぎ》の肩《かた》から、顔《かお》だけ出《だ》すようにして、絵理乃《えりの》ちゃんが言《い》った。

少《すこ》し声《こえ》がふるえているのは、死神《しにがみ》さんがこわいからなのかな。

死神《しにがみ》さんは、本当《ほんとう》はすごくやさしいんだけど、たしかに見《み》た目《め》は、ちょっとこわい。

「レイジは、福神堂《ふくじんどう》をはなれられん。貧乏神《びんぼうがみ》と福《ふく》の神《かみ》の弟子《でし》、ツクモ神《がみ》の三人《にん》でいかせるわけにはいかんだろう。われもいく。廃病院《はいびょういん》にどんなモノがいるのか、定《さだ》かではないからな。本当《ほんとう》であれば、われ、ひとりがいちばんなのだが……。」

わたしとミユキさんが、どうじに、ぐっと、こぶしをつくって死神《しにがみ》さんに見《み》せた。

「この調子《ちょうし》だ。バラバラに行動《こうどう》するより、目《め》のとどくところにいてもらったほうがよい。」

「だ、だったら、あたしだって……。」

「相手《あいて》が凶悪《きょうあく》なアヤカシであれば、全員《ぜんいん》を守《まも》りきれるかわからん。」

「死神《しにがみ》さんの言《い》うとおりですね。」

レイジさんは、死神《しにがみ》さんに同意《どうい》すると、絵理乃《えりの》ちゃんのそばで腰《こし》をかがめた。

「秋山《あきやま》さん。今日《きょう》のところは、ひびきさんたちに、おまかせしていただけませんか？」

「……あたし、ジャマってことですか？」

絵理乃《えりの》ちゃんは、服《ふく》のすそをつかんで、うつむく。

「とんでもない。秋山《あきやま》さんが、一生懸命《いっしょうけんめい》、チィちゃんをさがしてくれたと聞《き》いています。ありがとうございます。でも、秋山《あきやま》さんを危険《きけん》な目《め》にあわせたくないんです。」

「……東堂《とうどう》ひびきは、いくのに。」

「ひびきさんは、福《ふく》の神《かみ》の弟子《でし》なので幸運《こううん》に守《まも》られているんです。しかし、秋山《あきやま》さんは、ケガをするおそれがあります。だれも、そんなことを望《のぞ》んでいません。」

「だったら、あたしも、福《ふく》の神《かみ》の弟子《でし》にしてくださいっ。そうすれば——。」

レイジさんが、絵理乃《えりの》ちゃんの頭《あたま》に手《て》をのせた。

「残念《ざんねん》ながら、それを決《き》めるのは、ぼくではないのです。みずから、この福神堂《ふくじんどう》を見《み》つけたひとだけが、福《ふく》の神《かみ》の弟子《でし》になります。それは、必要《ひつよう》があるからなんです。」

レイジさんは、そこで言葉《ことば》を切《き》って、やさしい顔《かお》で、うつむく絵理乃《えりの》ちゃんの顔《かお》をのぞきこんだ。

「必要以上《ひつよういじょう》のことをしては、そのひとのためになりません。ですから、秋山《あきやま》さんを福《ふく》の神《かみ》の弟子《でし》にすることはできません。」

絵理乃《えりの》ちゃんは、ぎゅうぎゅう服《ふく》のすそをひっぱる。

すると、レイジさんが、かたくなった絵理乃《えりの》ちゃんの手《て》をそっとほどいた。

「しわになってしまいますよ。」

「……あたし、みんなの役《やく》に立《た》ちたいだけです。」

「秋山《あきやま》さんのやさしさや勇気《ゆうき》、あかるさが、みんなに力《ちから》をくれています。」

「そういうんじゃなくて、あたしはっ！」

「はい。もちろん、わかっています。そこで、秋山《あきやま》さんには、重要《じゅうよう》な任務《にんむ》についてもらいたいんです。」

絵理乃《えりの》ちゃんが、そっと顔《かお》をあげる。

「重要《じゅうよう》な任務《にんむ》、ですか？」

「はい。左手《ひだりて》をよろしいですか。」

絵理乃《えりの》ちゃんが、左手《ひだりて》を持《も》ちあげる。レイジさんは、ポケットからブレスレットをとりだすと、それを絵理乃《えりの》ちゃんの左《ひだり》の手首《てくび》にとりつけた。一瞬《いっしゅん》、ぽわっと光《ひか》る。

「わっ!?」

「福《ふく》の神特製《かみとくせい》ブレスレットですよ。ひびきさんとおそろいです。」

わたしのブレスレットは、石《いし》の色《いろ》がピンクだけど、絵理乃《えりの》ちゃんのはあざやかな青《あお》だった。

「このブレスレットは、ひびきさんのものとつながっています。もしも、ひびきさんに危《き》険《けん》がせまったら、すぐに秋山《あきやま》さんに教《おし》えてくれるでしょう。残念《ざんねん》ながら、一度《いちど》、反応《はんのう》すると、糸《いと》が切《き》れ、石《いし》も消《き》えてしまうのですが。でも、そうなったら、おとなに連絡《れんらく》をして、廃病院《はいびょういん》にひとを送《おく》ってほしいんです。ぼくは福神堂《ふくじんどう》をはなれられないので、すぐに助《たす》けにいくことができません。どうでしょう？　やっていただけますか？」

絵理乃《えりの》ちゃんは、ちらりとわたしを見《み》た。

わたしは、左手《ひだりて》を前《まえ》に出《だ》して、うなずいてみせる。

絵理乃《えりの》ちゃんも、うなずきかえしてくれた。そして、レイジさんを見《み》つめる。

「やります。」

「どうも、ありがとうございます。」

レイジさんは、立《た》ちあがってから、深々《ふかぶか》と頭《あたま》をさげた。

絵理乃《えりの》ちゃんは、首《くび》をふる。

「いえ。わがまま言《い》って、すみませんでした。でも、ジャマ者《もの》あつかいしないで、あたしの気持《きも》ち、大事《だいじ》にしてくれて、うれしいです。役《やく》に立《た》ちたい気持《きも》ち、本物《ほんもの》ですから。」

そう言《い》い、絵理乃《えりの》ちゃんは、わたしの手《て》をにぎってくれた。

「あたし、家《いえ》で待《ま》ってるね、東堂《とうどう》ひびき。」

「うん。」

「でも、あたしの役目《やくめ》はないほうがいいね。チィちゃんも、ミユキさんも、みんな、ちゃんと帰《かえ》ってきてよ。ケガとかしたら、ゆるさない。絶交《ぜっこう》だからっ!」

福神堂《ふくじんどう》の前《まえ》で、レイジさんと絵理乃《えりの》ちゃんに見送《みおく》られて、わたし、チィちゃん、ミユキさん、死神《しにがみ》さんの四人《にん》で、廃病院《はいびょういん》へとむかった。

チィちゃんは、いまは、ミユキさんの肩《かた》にのっている。

わたしは、となりを歩《ある》いている死神《しにがみ》さんを見《み》あげた。

「あの、ちょっと、聞《き》いてもいいですか？」

「かまわない。」

「絵《え》とか、マンガに出《で》てくる死神《しにがみ》って、大《おお》きなカマを持《も》っていたりするじゃないですか？　死神《しにがみ》さんは、そういう武器《ぶき》みたいなものを持《も》っていないんですか？」

黒《くろ》いローブを着《き》たガイコツの死神《しにがみ》は、手《て》に大《おお》きなカマを持《も》っていたりする。

「カマ？　必要《ひつよう》か？」

「あ、いえ、あぶないアヤカシが相手《あいて》なら、たたかったりするのかと思《おも》って。」

「ふむ。そういう場合《ばあい》、キミたちは逃《に》げろ。われがなんとかする。しかし、カマがあって安心《あんしん》するというのであれば、用意《ようい》しよう。」

そう言《い》うと、死神《しにがみ》さんは歩《ある》きながら、右手《みぎて》を空《くう》につきあげた。光《ひかり》が集《あつ》まってくる。

と思《おも》ったら、次《つぎ》の瞬間《しゅんかん》には、その手《て》に、おかしなものがあらわれていた。

手品《てじな》みたいで、びっくりしたんだけど、そんなことよりも……。

「……か、釜《かま》？」

カマはカマだけど、ごはんを炊《た》いたり、お湯《ゆ》をわかしたりする「釜《かま》」だった。

「だから、カマであろう？」

死神《しにがみ》さんに、釜《かま》をわたされた。わたしが言《い》ったカマは、アクセントが前《まえ》にある「鎌《かま》」のほうなんだけど……。

「頭《あたま》にかぶるとよい。」

死神《しにがみ》さんは、ずんずん歩《ある》く。

わたしは、ミユキさんに目《め》をやった。ミユキさんは、胸《むね》の前《まえ》で手《て》を合《あ》わせている。

「……死神《しにがみ》さまの釜《かま》、うらやましいです、ひびきさま。」

なんか、ちがう。

わたしは、釜《かま》をかぶらず、両手《りょうて》でかかえて歩《ある》いた。

敷地《しきち》の入《い》り口《ぐち》には、「立《た》ち入《い》り禁止《きんし》」と書《か》かれた看板《かんばん》が立《た》てられていた。あたりは、わたしの身長《しんちょう》くらいある草《くさ》で、ぼうぼうだ。道《みち》は、うもれてしまっている。

そのむこうに、灰色《はいいろ》の建物《たてもの》が見《み》えた。

「不用意《ふようい》に、草《くさ》にふれないことだ。指《ゆび》を切《き》るぞ。」

死神《しにがみ》さんが先頭《せんとう》に立《た》って、草《くさ》をふみしめながら前進《ぜんしん》していく。

わたしは片手《かたて》に釜《かま》を持《も》ちながら、ミユキさんと手《て》をつないで、ついていった。

チィちゃんは、ミユキさんの頭《あたま》の上《うえ》に移動《いどう》していた。

まだ、昼間《ひるま》なのに、あたりはやけに薄暗《うすぐら》くて、ひんやりしている。

とても、しずかだった。セミの鳴《な》き声《ごえ》もなにも聞《き》こえてこない。風《かぜ》もない。

「……ブキミですね、ひびきさま。まだ、お昼前《ひるまえ》なのに、こんなに暗《くら》い。」

「はい。なんだか、少《すこ》し寒《さむ》いですし。」

二《に》の腕《うで》が、ぴりぴりする。鳥肌《とりはだ》が立《た》っていた。

「チィちゃん、このあたりに、見覚《みおぼ》えはある？」

「わかんないの。でも、ヘンな感《かん》じするの。」

やっぱり、この雰囲気《ふんいき》は、ふつうじゃないんだ。

草地《くさち》を進《すす》むと、やがて、病院《びょういん》の正面《しょうめん》にたどりついた。

見《み》あげると、窓《まど》ガラスがわれていたり、カベにヒビが入《はい》っていたりするのがわかった。

入《い》り口《ぐち》のドアには、木《き》の板《いた》がうちつけられている。

けれど、腐《くさ》って穴《あな》があいていた。穴《あな》のむこうは、夜《よる》みたいに暗《くら》い。

チイちゃんは、暗《くら》くて、広《ひろ》くて、ソファやつくえがたおれている場所《ばしょ》に連《つ》れていかれたらしい。ここなら、その条件《じょうけん》に当《あ》てはまりそうだ。

「……よ、よくない気配《けはい》を感《かん》じます。」

ミユキさんが、わたしの手《て》を強《つよ》くにぎった。死神《しにがみ》さんは、穴《あな》をのぞきこむ。

「たしかにそうだな。まず、われがなかを見《み》てこよう。キミたちは、ここに――。」

そのとき、わたしの左《ひだり》の手首《てくび》にしているブレスレットが光《ひか》りだした。少《すこ》し熱《あつ》い。短《みじか》い点《てん》滅《めつ》をくりかえしている。まるで、なにかを警告《けいこく》しているみたいだ。

「これって……？」

「まずい！　なにかくるぞ！　さがれ！」

死神《しにがみ》さんが、するどい声《こえ》を出《だ》す。

ばりばりばりばりばりっ、と音《おと》を立《た》てて、ドアにうちつけられていた板《いた》が破《やぶ》られた。

大《おお》きくて黒《くろ》いモノがとびだし、こちらにむかってくる。

「——っ!?」

わたしは、とっさに釜《かま》を投《な》げつけていた。命中《めいちゅう》する。

でも、相手《あいて》はひるまない。釜《かま》が、ぼてん、と地面《じめん》に転《ころ》がっただけ。

「……ひびきさまっ！」

ミユキさんが、わたしを守《まも》るように、だきしめてくれる。

「ひびきーっ！」

チィちゃんも、ジャンプして、わたしの頭《あたま》にくっついてきた。

すばやく動《うご》いた死神《しにがみ》さんが、黒《くろ》いモノに組《く》みつき、投《な》げとばす。

「キサマ、何者《なにもの》だ？」

ミユキさんにだきしめられながら、わたしは「それ」を目撃《もくげき》した。

関節《かんせつ》がないみたいな、ぐねぐねした動《うご》きで、黒《くろ》いモノが起《お》きあがる。

長《なが》い髪《かみ》をふりみだした女《おんな》のひとだった。黒《くろ》い和服《わふく》を着《き》ている。

でも、ふつうの人間《にんげん》じゃない。すぐにわかった。

肌《はだ》が、まっ白《しろ》だ。みだれた髪《かみ》のすきまから、まっ黒《くろ》な目《め》と口《くち》がのぞいている。

そのアヤカシは、片手《かたて》に本《ほん》をかかえていた。

それを見《み》たとたん、電気《でんき》が走《はし》るみたいに理解《りかい》する。

「チィちゃんだ！」

見《み》まちがえたりしない。

わたしは、確信《かくしん》した。ミユキさんは、チィちゃんがいなくなったことと関係《かんけい》があるかわからないと言《い》っていたけど、このアヤカシがチィちゃんを誘拐《ゆうかい》した犯人《はんにん》なんだ！

わたしの声《こえ》に反応《はんのう》したように、アヤカシの女《おんな》のひとは、つやのないまっ黒《くろ》な目《め》で、こちらを見《み》た。ぞくりとする。

アヤカシは、まばたきひとつせず、ノイズがまじった機械《きかい》みたいな声《こえ》でつぶやいた。

「……チェルシー。」

「え？」

それは、夢《ゆめ》のなかに出《で》てきた女《おんな》のひとが口《くち》にした名前《なまえ》だった。
わたしのことでも、ミユキさんのことでもないから……チィちゃんのこと？
そういえば、夢《ゆめ》のなかの女《おんな》のひともたいせつそうに本《ほん》を持《も》っていた。
わたしは、その本《ほん》を、どこかで見《み》たような気《き》がしていたんだ。
もしかしたら、夢《ゆめ》に出《で》てきた本《ほん》は、チィちゃんだったのかもしれない。
急《きゅう》にそう思《おも》った。
夢《ゆめ》のなかは色《いろ》がなかったから、はっきりわからなかった。
それに、ツクモなだけあって、チィちゃんの本体《ほんたい》は、とても古《ふる》いものだ。
いっぽう、夢《ゆめ》のなかの本《ほん》は、もっと新《あたら》しい感《かん》じがした。
だから、すぐにむすびつかなかったんだ。
でも、それとこれと、どう関係《かんけい》があるのか……。
「カエセ！　ワタシノ、チェルシーッ！」
耳《みみ》が痛《いた》くなるような声《こえ》でさけんで、アヤカシがとびかかってきた。
すぐさま、死神《しにがみ》さんが立《た》ちはだかり、はじきとばす。

「待《ま》ってください！　あのひとが持《も》っている本《ほん》、チィちゃんです！」

わたしも夢中《むちゅう》だった。ミユキさんの腕《うで》をするりとぬけて、走《はし》りだす。

「……い、いけません、ひびきさまっ！」

「ダメなのっ！」

ミユキさんとチィちゃんの声《こえ》がしたけど、わたしは、本《ほん》をとりかえすために、手《て》をのばしていた。

「チィちゃんをかえしてください！」

アヤカシも、こちらにとびかかってきた。

そのとき、またブレスレットが強《つよ》く光《ひか》った。すると、アヤカシは、おびえたケモノのように、うしろにとんだ。ほとんどどうじに、わたしの横《よこ》から、なにかがぶつかってくる。

とっさに、ぎゅっと目《め》をつむった。

「痛《いた》いところはないか？　小《ちい》さき者《もの》よ。」

声《こえ》がして、わたしは、おそるおそるまぶたをあける。

死神《しにがみ》さんの顔《かお》が近《ちか》くにあった。わたしをだきあげてくれたのだ。

ぶつかられたと思《おも》ったのも、死神《しにがみ》さんが助《たす》けてくれたみたい。

「あっ……はい。どこも痛《いた》くないです。」

「まったく、むちゃをする。」

死神《しにがみ》さんが、わたしを地面《じめん》にすわらせてくれた。

「すみません。それと、ありがとうございます。」

「礼《れい》には、およばない。」

「あの、さっきのアヤカシは……？」

見《み》たところ、あのアヤカシは、近《ちか》くにはいなかった。

「光《ひかり》をおそれて、逃《に》げたようだ。」

「ひぃ〜びぃ〜ぎぃ〜っ！」

頭《あたま》の上《うえ》にいたチィちゃんが、ずるずる落《お》ちてきて、わたしのほおにひっついてくる。

「ごめんね、チィちゃん。本《ほん》、とりかえせなかった。」

ぐしゅぐしゅに泣《な》いているっぽいチィちゃんをなでなでした。

「……ひびきさまっ！　おケガはありませんかっ！」

ミユキさんが、こちらにかけてきて、とちゅうで、びたん、とこける。

「ふぎゃう！」

「だ、だいじょうぶですか？」

ミユキさんは、むっくり起《お》きあがった。ずびっ、とはなをすする。

「……ひびきさまを、お守《まも》りしたかったのに、役《やく》に立《た》てず、情《なさ》けないです。すみません。」

「そんなことないです。それに、どこもケガしてないから、だいじょうぶですよ。」わたし、すごく、はげまされてます。ミユキさんがいっしょにいてくれて、わたし、すごく、はげまされてます。


「ほら。」

絵理乃《えりの》ちゃんにも、ケガして帰《かえ》ったらゆるさない、って言《い》われているし。

できるだけ元気《げんき》にふるまおうとして、わたしはいきおいよく立《た》ちあがった。

でも、そのとたんに、めまいがした。足《あし》がふらつく。

「あ、れ……？」

急《きゅう》に、目《め》の前《まえ》がまっ白《しろ》になって……。

わたしは、また、色《いろ》あせた夢《ゆめ》の世界《せかい》にいた。
男《おとこ》のひとが、だれかの名前《なまえ》を呼《よ》びながら、うずくまって泣《な》いている。
これは、前《まえ》に見《み》た夢《ゆめ》のつづき？
和服《わふく》を着《き》た女《おんな》のひとの姿《すがた》はなく、ぽつりとイスがあるばかりで……。
ううん。ちがう。女《おんな》のひとはいないけど、イスの上《うえ》には、一冊《さつ》の本《ほん》が置《お》いてある。
そう、この本《ほん》だ！　まちがいない。この本《ほん》は、チィちゃんなんだ！
でも、泣《な》いている男《おとこ》のひとは、だれなんだろう？
消《き》えてしまった女《おんな》のひとは？
それに、チェルシーというのは……？
そこで、また、大《おお》きな柱時計《はしらどけい》の鐘《かね》が鳴《な》りひびいた。
針《はり》がぐるぐると、いきおいよくまわりはじめる。部屋《へや》のなかも回転《かいてん》する。
やがて、ある時間《じかん》で、カチッ、と針《はり》がとまった。
また、なにかが起《お》こるんだろうか？
身《み》がまえていると、イーゼルに立《た》てかけられていた絵《え》が、ゆっくりと動《うご》いた。

ぞくりと、鳥肌《とりはだ》が立《た》つ。

絵《え》のなかの女《おんな》のひとが、身《み》をのりだすようにして、外《そと》へ出《で》てくる。

ふしぎなことに、色《いろ》あせた世界《せかい》のなかで、その女《おんな》のひとだけが、あざやかだった。

絵《え》から出《で》てきた女《おんな》のひとが、男《おとこ》のひとに呼《よ》びかける。

その声《こえ》は、やさしくて、だから、こわかったのは、絵《え》が動《うご》いた最初《さいしょ》のときだけだった。

男《おとこ》のひとは、へんじをせず、泣《な》きつづけている。

女《おんな》のひとは、そっとひざを折《お》って、うずくまる男《おとこ》のひとの背中《せなか》にほおをあずけた。

「どうか、そんなに悲《かな》しまないでくださいませ。」

子守歌《こもりうた》をうたうみたいな声《こえ》で、女《おんな》のひとは話《はな》しかける。

「あなたが泣《な》いていると、わたしも悲《かな》しいのです。だから、どうか、さびしさに心《こころ》をゆだねてしまわないで。」

だけど、その声《こえ》は、男《おとこ》のひとには聞《き》こえていないみたいだった。

「なにか、召《め》しあがってください。これ以上《いじょう》、ごじぶんを痛《いた》めつけないで。お願《ねが》いです。わたしは、あなたの笑顔《えがお》が好《す》きだから。」

○　誘拐事件《ゆうかいじけん》の真相《しんそう》　○

「おや、ひびきさん、気《き》がつかれましたか。」

目《め》をあけると、にっこりと笑《わら》うレイジさんの顔《かお》が見《み》えた。

「レイジさん？　ここは？」

「福神堂《ふくじんどう》です。死神《しにがみ》さんが、ひびきさんを運《はこ》んでくれたんです。」

わたしは、居間《いま》で横《よこ》になっていたみたい。まぶたをこすりながら、体《からだ》を起《お》こす。

「わたし、気《き》をうしなっちゃったんですね……。どれくらい寝《ね》てました？」

「まだ、六時前《じまえ》です。秋山《あきやま》さんがおうちに連絡《れんらく》してくれたので、ご安心《あんしん》ください。」

「絵理乃《えりの》ちゃん、いたんですか？」

「少《すこ》し前《まえ》まで。ひびきさんがおそわれたのを感《かん》じて、警察《けいさつ》に通報《つうほう》もしてくれました。大事《だいじ》に至《いた》らなかったようなので、よかったです。とても心配《しんぱい》していらっしゃいましたよ。おそくなってはいけないので、お帰《かえ》りいただきましたが、あとで連絡《れんらく》してあげてください。」

「はい。」

「さて、ひびきさん。お腹《なか》はすいていませんか？　お昼《ひる》をぬいたでしょう？」

「あ、そういえば……。」

お腹《なか》をさわると、きゅう、と音《おと》がした。

「お夕飯《ゆうはん》が近《ちか》いでしょうから、福神《ふくじん》づけだけにしておきましょうかね。」

レイジさんは、キッチンのほうへ移動《いどう》していった。

見《み》まわすと、いつも本《ほん》がつみあがっているところが、キレイになっていて、わたしはそこに寝《ね》かされていたのだとわかった。扇風機《せんぷうき》がまわっている。

ミユキさんが、ちゃぶ台《だい》につっぷして眠《ねむ》っていた。ミニサイズのチィちゃんも、ミユキさんの腕《うで》によりかかるみたいにして、すぴすぴ寝息《ねいき》を立《た》てている。

「不調《ふちょう》はないか、小《ちい》さき者《もの》よ。」

とつぜん、うしろのほうから声《こえ》をかけられた。

ふりかえると、死神《しにがみ》さんがカベに背中《せなか》をあずけ、片《かた》ひざを立《た》てる格好《かっこう》ですわっていた。

読《よ》んでいたらしい本《ほん》をとじて、こちらを見《み》つめている。

「あ、はい。だいじょうぶです。助《たす》けてくれて、ありがとうございました。」

「感謝《かんしゃ》なら、貧乏神《びんぼうがみ》とツクモ神《がみ》にするといい。ずいぶん心配《しんぱい》していたぞ。」

「おふたりとも、ひびきさんを見守《みまも》ってくれていたんですよ。」

レイジさんが福神《ふくじん》づけの入《はい》った小鉢《こばち》を持《も》って、もどってくる。

「はい、どうぞ。」

「ありがとうございます。」

わたしは、小鉢《こばち》を受《う》けとり、ぽりぽりと、甘《あま》じょっぱい福神《ふくじん》づけをかじった。

「チィちゃんもミユキさんも、つかれてしまったみたいですね。」

ふたりに笑《え》みをむけたあと、レイジさんは、わたしにむきなおり、頭《あたま》をさげる。

「まず、はじめに、ひびきさんにあやまらなければいけません。すみませんでした。」

「え、なにがですか？」

「今朝《けさ》、チィちゃんと同《おな》じ夢《ゆめ》を見《み》たとおっしゃいましたね？　しかも、その夢《ゆめ》を前《まえ》にも見《み》ている、と。」

「はい。」

「ですから、ひびきさんが意識《いしき》をうしなっているあいだに、また、同《おな》じ夢《ゆめ》を見《み》るのではないかと思《おも》い、確認《かくにん》させていただきました。ですので、勝手《かって》に心《こころ》を読《よ》まないという約束《やくそく》を、破《やぶ》ったことになります。ゆるしてもらえると、うれしいです。」

「だいじょうぶです。怒《おこ》ってません。それで、あの、なにかわかったんですか？」

「ひびきさんが見《み》た夢《ゆめ》と、いくつかの古《ふる》い記録《きろく》を照《て》らしあわせた結果《けっか》、今回《こんかい》の事件《じけん》の全体《ぜんたい》像《ぞう》が見《み》えてきました。これから説明《せつめい》することは、まだ、ひびきさんには、むずかしいこともありますが、聞《き》いていただけますか？」

「はい。お願《ねが》いします。」

「まず、チィちゃんを誘拐《ゆうかい》したのは、ひびきさんたちが廃病院《はいびょういん》で出会《であ》ったアヤカシです。」

「……やっぱり。」

わたしは、ぎゅっとこぶしをつくる。

「そして、あのアヤカシの正体《しょうたい》は、ツクモ神《がみ》です。」

「ツクモ神《がみ》？　チィちゃんと同《おな》じなんですか？」

「ええ。それだけではありません。あのアヤカシと、チィちゃんをえがいたのは、同一人《どういつじん》物《ぶつ》と思《おも》われます。言《い》ってみれば、廃病院《はいびょういん》のアヤカシとチィちゃんは、姉妹《しまい》なのですね。」

それから、レイジさんは、わたしが理解《りかい》できるよう、ていねいに教《おし》えてくれた。

それは百年以上前《ねんいじょうまえ》、明治時代《めいじじだい》の話《はなし》だった。ある日本人《にほんじん》の女性《じょせい》と、日本《にっぽん》をおとずれていたイギリス人《じん》の画家《がか》が恋《こい》に落《お》ちて、むすばれたのだそうだ。

「当時《とうじ》の日本《にっぽん》では、外国人男性《がいこくじんだんせい》と結婚《けっこん》した女性《じょせい》は、日本《にっぽん》の国籍《こくせき》をうしないました。そのため、おふたりは結婚後《けっこんご》に、イギリスへわたったのです。」

いまみたいに、飛行機《ひこうき》でいける時代《じだい》ではなくて、長《なが》い船旅《ふなたび》だったらしい。

ふたりは、緑《みどり》にかこまれたいなか町《まち》で、しあわせな結婚生活《けっこんせいかつ》をはじめた。

だけど、ふたりが、どんなに望《のぞ》んでも、子《こ》どもをつくることはできなかったそうだ。

「おたがいに、じぶんのせいだと思《おも》ったようですね。とくに、奥《おく》さまは、なれない土地《とち》でのくらしも影響《えいきょう》してか、心《こころ》のバランスをくずしてしまいました。近所《きんじょ》でしあわせそうな親子《おやこ》を見《み》かけると、涙《なみだ》をとめることができなかったとか。ときには、じぶんの体《からだ》を傷《きず》つけるようなこともしたようです。」

画家《がか》は、そんな妻《つま》をいたわり、やさしく看護《かんご》しつづけた。

「どんなにやさしいひとでも、心《こころ》のなかに、凶暴《きょうぼう》な気持《きも》ちがないわけではありません。だれかをうらやんだり、にくんだりする心《こころ》をかくし持《も》っているものなんです。画家《がか》は、そういう、ゆき場《ば》のない気持《きも》ちを、文字《もじ》に流《なが》しこんでみないか、と奥《おく》さまに提案《ていあん》しました。気《き》持《も》ちをすなおに書《か》いてみるという行為《こうい》は、心《こころ》を落《お》ちつけるための、ひとつの手《て》なんです。」

うながされるまま、妻《つま》は気持《きも》ちを文字《もじ》にすることをはじめた。

そうやって書《か》かれたものを読《よ》み、画家《がか》は涙《なみだ》を流《なが》したそうだ。

そこには、世界《せかい》を呪《のろ》うような言葉《ことば》があふれていた。

文章《ぶんしょう》もバラバラで、まとまりがなかった。

けれど、そうすることに意味《いみ》はあった。彼女《かのじょ》の書《か》くものが、しだいに、悲《かな》しい気持《きも》ちを、やわらげてくれるような「物語《ものがたり》」に変化《へんか》していったのだ。

それまでの世界《せかい》を呪《のろ》うような現実《げんじつ》の言葉《ことば》とちがって、そこに書《か》かれたものは、女性《じょせい》の身《み》に起《お》きた事実《じじつ》ではなかった。つくられたものだ。

だけど、書《か》くことで救《すく》われることも、読《よ》むことで助《たす》けられることもある。

彼女《かのじょ》は、ゆっくりと心《こころ》の健康《けんこう》をとりもどしていった。

「物語《ものがたり》には、チェルシーという、落《お》ちこぼれの天使《てんし》が登場《とうじょう》します。」

「……チェルシー。」

「ええ。たとえば、物語《ものがたり》には、寒《さむ》さにふるえ、お腹《なか》をすかせているイヌが出《で》てきます。イヌは、チェルシーに食《た》べものを恵《めぐ》んでくれないか、と伝《つた》えます。でも、チェルシーは、食《た》べものを持《も》っていません。助《たす》けたいのに、なにもできないんです。それで、どうするかというと、チェルシーは、イヌといっしょに寒《さむ》さにふるえ、お腹《なか》をすかせます。イヌに『寒《さむ》いね。』と話《はな》しかけ、だきついて、わずかな暖《だん》をとり、『お腹《なか》がすいたね。』と、笑《わら》いかけます。それだけです。それで状況《じょうきょう》がよくなるわけではありません。でも、イヌはチェルシーに感謝《かんしゃ》します。いっしょにいてくれて、どうもありがとう、と。」

レイジさんは、ほほ笑《え》んだ。

「チェルシーは天使《てんし》なのに、こまっているひとのそばにいることしかできません。でも、みんな、チェルシーに感謝《かんしゃ》します。そういうお話《はなし》を彼女《かのじょ》は生《う》みだしました。」

書《か》きつづった物語《ものがたり》を、女性《じょせい》はていねいに清書《せいしょ》し、画家《がか》は挿絵《さしえ》を入《い》れた。

そうやって、一冊《さつ》の本《ほん》ができあがった。

それは、まるで、ふたりの子《こ》どものようだった。

「その本《ほん》が、チィちゃんなんですね？」

「そうです。そうして、家族《かぞく》は、いつまでもしあわせに暮《く》らしましたとさ。めでたし、めでたし。となれば、よかったのでしょうけど……。」

そこで、レイジさんは目《め》をふせた。キレイなまつげが、ほおに影《かげ》を落《お》とす。

「なにかあったんですか？」

「あるとき、奥《おく》さまが、事故《じこ》でお亡《な》くなりになってしまったんです。記録《きろく》によると、がけ崩《くず》れにのまれてしまったとのことです。」

「じゃあ、夢《ゆめ》のなかで、女《おんな》のひとが消《き》えたのは……。」

「おそらくは、お亡《な》くなりになった、ということを意味《いみ》しているのでしょうね。ひびきさんとチィちゃんが見《み》た夢《ゆめ》は、ツクモの彼女《かのじょ》が生《う》んだ幻想《げんそう》なのだと思《おも》います。いくつかの事実《じじつ》をつなぎあわせてできた断片的《だんぺんてき》な『物語《ものがたり》』なのではないでしょうか。」

わたしは、泣《な》いていた男《おとこ》のひとの背中《せなか》を思《おも》いだす。

「その後《ご》、画家《がか》も女性《じょせい》のあとを追《お》うように、お亡《な》くなりになっています。彼《かれ》はご病気《びょうき》だっ

たようですね。奥《おく》さまをうしなったことで、気持《きも》ちを弱《よわ》くしてしまったのでしょう。ふたりがつくった本《ほん》は、それから、多《おお》くのひとの手《て》をわたり、福神堂《ふくじんどう》へたどりつきました。」

レイジさんは、眠《ねむ》っているチィちゃんをやさしく見《み》つめる。

「そのいっぽうで、画家《がか》が残《のこ》したもうひとつの作品《さくひん》、生前《せいぜん》の奥《おく》さまをえがいた肖像画《しょうぞうが》も、奇妙《きみょう》なめぐりあわせをへて、日本《にっぽん》にたどりついたのです。」

レイジさんが、わたしに視線《しせん》をもどした。

「数日前《すうじつまえ》、C《シー》県立《けんりつ》美術館《びじゅつかん》で、絵画《かいが》が盗難《とうなん》にあったのを、ご存《ぞん》じですか?」

「知《し》ってます。」

朱音《あかね》さんといっしょにお皿洗《さらあら》いをしながら、そのニュースを聞《き》いた。

「事件《じけん》として捜査《そうさ》されているようですが、犯人《はんにん》は見《み》つからないでしょう。なぜなら、ツクモとして実体化《じったいか》した絵画自身《かいがじしん》が倉庫《そうこ》をとびだした、というのが真相《しんそう》だからです。」

朱音《あかね》さんは、絵画《かいが》一点《てん》だけが盗《ぬす》まれるなんて、ヘンな事件《じけん》だと言《い》っていた。

でも、絵画《かいが》がじぶんで逃《に》げだした、ということなら納得《なっとく》がいく。

「問題《もんだい》なのは——。」

これまで、だまっていた死神《しにがみ》さんが口《くち》をひらいた。

「そのツクモが、みずからを、死《し》んだ女《おんな》だと信《しん》じこんでいるということだ。長《なが》い時間《じかん》のなかで、じぶんの記憶《きおく》と、亡《な》くなった女《おんな》の記憶《きおく》がまざってしまったのであろう。やつは、覚《さ》めない悪夢《あくむ》のなかにいる。その結果《けっか》、娘《むすめ》をうばわれたと思《おも》いこみ、凶悪化《きょうあくか》してしまった。」

「娘《むすめ》って、チェルシー……チィちゃんのことですか？」

レイジさんが「そうです。」と、うなずく。

「美術館《びじゅつかん》を出《で》てから、気配《けはい》を頼《たよ》りに、この町《まち》まできたのでしょう。彼女《かのじょ》は、娘《むすめ》を守《まも》ろうとして、チィちゃんを誘拐《ゆうかい》したんです。そして、チィちゃんが、ページを破《やぶ》って逃走《とうそう》したのを、何者《なにもの》かにさらわれた、娘《むすめ》を傷《きず》つけられた、と思《おも》ってしまいました。」

ふいに、前《まえ》の学校《がっこう》で、いじわるをされていたことが頭《あたま》をよぎった。

あのとき、お母《かあ》さんも、お父《とう》さんも、朱音《あかね》さんも、すごく怒《おこ》ってくれた。

それは、わたしの家族《かぞく》が、わたしをすごく大事《だいじ》に思《おも》ってくれているってことなんだ。

きっと、あのツクモも同《おな》じ気持《きも》ちにちがいない。

「なんとか、話《はな》してわかってもらえないんですか？　だって、あのツクモの女《おんな》のひとは、チイちゃんに、いじわるしようとして誘拐《ゆうかい》したんじゃないんですよね? だったら——。」

そこで、死神《しにがみ》さんが立《た》ちあがる。

「むずかしいだろうな。孤独《こどく》が、やつをより凶暴《きょうぼう》にさせている。すでに、廃病院《はいびょういん》をはなれたようで、行方《ゆくえ》はわからん。ほうっておけば、人間《にんげん》に危害《きがい》をくわえかねない。リストにない死者《ししゃ》を出《だ》すわけにはいかないゆえ、見《み》つけしだい、やつを処理《しょり》することになる。」

「処理《しょり》って……どういうことですか?」

「小《ちい》さき者《もの》は、知《し》らぬままでよい。」

死神《しにがみ》さんが、ひんやりする手《て》をわたしの頭《あたま》にのせた。

「暗《くら》くなってきた。家《いえ》まで送《おく》ろう。」

レイジさんは、「そうですね。お願《ねが》いします。」と言《い》った。

「でも、わたし、まだ……。」

「いえ、朱音《あかね》さんや秋山《あきやま》さんを安心《あんしん》させてあげることも、ひびきさんのりっぱな役割《やくわり》ですよ。今日《きょう》は、おうちにもどって、ゆっくり休《やす》んでください。」

そんなふうに言《い》われたら、「……はい。」と、うなずくしかなかった。

ミユキさんとミニサイズのチィちゃんを残《のこ》して、わたしは福神堂《ふくじんどう》をあとにした。

まだまだ暑《あつ》いけど、太陽《たいよう》がしずむと、リーリーと、秋《あき》の虫《むし》の声《こえ》がする。

わたしは、死神《しにがみ》さんのうしろを歩《ある》いていた。

死神《しにがみ》さんは、だまっている。わたしも、口《くち》をとじていた。

死神《しにがみ》さんの言《い》った「処理《しょり》」っていうのは、絵《え》を燃《も》やしたり、破《やぶ》いたりするってことだろうか。そうしたら、あのツクモは死《し》んでしまうんだろうか……。

でも、あのツクモは、チィちゃんを守《まも》ろうとしているだけって、レイジさんは言《い》っていた。だったら、なんとか説得《せっとく》したい。そうするべきだ。

だけど、昼間《ひるま》、暗《くら》い病院《びょういん》のなかから出《で》てきた姿《すがた》を思《おも》いだすと、背中《せなか》がぞわっとする。説得《せっとく》できる気《き》がしない。こわい。……そんなことを、ぐるぐる考《かんが》えていると。

「ひびきー。」

うしろから声《こえ》が聞《き》こえ、立《た》ちどまった。ふりかえってみたけど、だれもいない。

「ひびきー。」

また、聞《き》こえた。この声《こえ》は……。

「なにをしているのだ、ツクモ神《がみ》よ。」

死神《しにがみ》さんが、わたしの背中《せなか》にひっついていた、ミニサイズのチィちゃんを指《ゆび》でつまみあげている。チィちゃんは、ちっちゃな手足《てあし》をぱたぱたさせた。

あわてて、チィちゃんを両手《りょうて》でつくったおわんにのせる。

「ついてきてたの、チィちゃん？　でも、ダメだよ。レイジさん、心配《しんぱい》しちゃう。」

「チィね、昼間《ひるま》のひとの感《かん》じがね、いまは、ちょっとわかるようになったの。」

わたしの手《て》のひらの上《うえ》で、チィちゃんは、ぴょこぴょこ、とびはねる。

「どういうこと？　昨日《きのう》は、わからなかったよね？」

「うーん、なんでだろ？」

チィちゃんは、こてん、と首《くび》をかしげる。

「気配《けはい》を感《かん》じとれなかったものが、感《かん》じとれるようになったということか？」

死神《しにがみ》さんがたずねると、チィちゃんは、うんうん、とうなずいた。

「やってみるの。」

チィちゃんは、「むむむ。」って、うなりはじめる。そうすると、髪《かみ》の毛《け》のたばが逆立《さかだ》って、小《ちい》さな矢印《やじるし》みたいになった。ぴゅっ、と前《まえ》をむく。

「あっちなの。」

「すごいよ。これで、チィちゃんを助《たす》けにいける。」

「待《ま》て、小《ちい》さき者《もの》よ。わるい予感《よかん》がする。ワナかもしれん。われから、はなれるな。」

昼間《ひるま》に見《み》た異形《いぎょう》の姿《すがた》が、また、わたしの頭《あたま》をよぎった。たしかに、こわい。

でも、わたしは、その場《ば》で、ぐっとふんばる。

「わたし、いきます。福《ふく》の神《かみ》の弟子《でし》ですから！　みんなをしあわせにするのが、しごとですから！　みんなのなかには、あのツクモの女《おんな》のひとだって入《はい》っていいはずです！」

そう宣言《せんげん》して、チィちゃんの矢印《やじるし》がしめすほうへ、大《おお》きく一歩《ぽ》ふみだした瞬間《しゅんかん》、カメラのフラッシュがたかれたような強《つよ》い光《ひかり》につつまれた。まぶしくて、目《め》をとじてしまう。

少《すこ》ししてからまぶたをひらくと、そこは、古《ふる》い写真《しゃしん》みたいに色《いろ》あせた部屋《へや》だった。

「……死神《しにがみ》さん？」

呼《よ》びかけながら、ぐるりと部屋《へや》を見《み》まわす。へんじはなかった。だれもいない。

死神《しにがみ》さんが言《い》ったように、ワナだったんだ。

「ひびきは、チィが守《まも》るの。」

チィちゃんが、ぴょん、とジャンプして、わたしの頭《あたま》にひっついた。

「ありがと。わたしもチィちゃんを守《まも》るから。」

注意深《ちゅういぶか》く、まわりを見《み》る。

木《き》の床《ゆか》。猫脚《ねこあし》の家具《かぐ》の上《うえ》にあるランプ。大《おお》きな柱時計《はしらどけい》。だれもいない。

けど、イスの上《うえ》に、本《ほん》が置《お》いてあることに気《き》がついた。

「あれだ！　チィちゃんの本体《ほんたい》だよ！」

ワナかもしれないけど、そのままにしておけない。

そう思《おも》い、かけだそうとしたところで、ぐっと肩《かた》をつかまれた。

氷《こおり》みたいに冷《つめ》たい感触《かんしょく》に寒気《さむけ》を覚《おぼ》える。

ふりむくと、さっきまで、だれもいなかったはずなのに、そこには、あのツクモが立《た》っていた。まっ白《しろ》の顔《かお》に、ぽっかりあいた黒《くろ》い目《め》と口《くち》。

「カエセ！　ワタシノ、チェルシーッ！」

ツクモが、強《つよ》い力《ちから》で、わたしをおしたおそうとしてくる。

「ひびきをいじめたら、ダメなのーっ！」

小《ちい》さなチィちゃんが、ツクモの顔《かお》にとびついて、ぽかぽかたたく。

「チィがゆるさないの！　ふなーっ！　のあーっ！」

チィちゃんに勇気《ゆうき》をもらって、わたしも、ツクモに体当《たいあ》たりした。

「えい！」

ツクモがよろけたすきに、イスの上《うえ》に置《お》いてあったチィちゃんの本体《ほんたい》をかかえあげる。

急《いそ》いで、ページをめくると、破《やぶ》れている場所《ばしょ》がわかった。

「チィちゃん！　こっちにきて！」

「ひびきっ！」

ツクモの顔《かお》にひっついていたミニサイズのチィちゃんが、ふわっとジャンプする。

たちまち、チィちゃんは、一枚《まい》の紙《かみ》になり、するりと本《ほん》のなかにすいこまれた。

その直後《ちょくご》、ぽむんっ、と音《おと》をさせて、もとの大《おお》きな（といっても、小《ちい》さくてかわいいんだけど。）チィちゃんにもどる。

「やった！　うまくいったよ、チィちゃん！」

わたしは、やわやわなチィちゃんを、だきしめた。

「チィ、完全復活《かんぜんふっかつ》なのっ！」

「ニガサナイ……ユルサナイ……ウラギリモノ……。」

ツクモは、おそろしい声《こえ》でつぶやくと、また、わたしたちにとびかかってくる。

「チィを怒《おこ》らせたら、こわいんだからね！」

チィちゃんは、ひゅううっ、と大《おお》きく息《いき》をすいこんで、「わーっ！」と、さけんだ。その「わーっ！」は、目《め》で見《み》えるブロックみたいになって、ツクモにぶつかっていく。

ツクモは、よけることができず、ブロックが直撃《ちょくげき》して、ひっくりかえった。

「……チィちゃん、すごい。」

「ひびきは、チィが守《まも》るもんっ。」

ひっくりかえされたツクモが、そこで、ゆるゆると体《からだ》を起《お》こす。

わたしは、また、おそいかかってくるかもしれないと思《おも》って、一歩《ぽ》うしろにさがった。

チィちゃんの救出《きゅうしゅつ》に成功《せいこう》したんだから、あとは、はやく逃《に》げたほうがいい。

でも、どうやったら、ここから出《で》られるんだろう……。

ううん。考《かんが》えている時間《じかん》はない。とにかく走《はし》ろう。まずは、部屋《へや》の外《そと》に出《で》るんだ。

そう決意《けつい》をしたとき、声《こえ》が聞《き》こえてきた。

「……ドウシテ……マモリタイダケ……ヒトリハイヤ……サムイ……サミシイ……。」

ツクモは、凍《こご》えているように、ぶるぶると体《からだ》をふるわせる。

「サムイ……サミシイ……コワイ……ツライ……カナシイ……。」

胸《むね》がつぶれてしまうような、細《ほそ》く弱々《よわよわ》しい声《こえ》だった。

ツクモの、まっ白《しろ》なほおを、黒《くろ》い涙《なみだ》がつたって流《なが》れる。

逃《に》げるなら、いまがチャンスだ。そう思《おも》ったのに、動《うご》けなかった。

ツクモは、まっ白《しろ》な手《て》で顔《かお》をおおった。

でも、手《て》のすきまから、ぽた、ぽた、ぽた、ぽた、涙《なみだ》が床《ゆか》に落《お》ちていく。

このまま、このひとを、置《お》いていっていいんだろうか……。

そのとき、チィちゃんが、わたしの腕《うで》のなかから、とびおりた。

「あ、チィちゃん！　ダメだよ！」

チィちゃんは、ツクモのそばに、てててと近《ちか》づいていく。

「サムイ……サミシイ……コワイ……ツライ……カナシイ……。」

顔《かお》をおおっているツクモの前《まえ》で、チィちゃんは立《た》ちどまる。

「泣《な》いてるの？」

チィちゃんが、手《て》をのばして、ツクモにふれる。

びくり、とツクモがおびえるような反応《はんのう》を見《み》せた。

わたしは、チィちゃんをだきあげようとして、でも、やめた。

「チィのせい？　ひびきをね、守《まも》りたかったの。痛《いた》くして、ごめんね？」

チィちゃんは、かまわずに、ツクモのひざのあたりをなでる。ツクモはチィちゃんの手《て》をはらいのけたりしなかった。ただ、ふるえながらチィちゃんを見《み》おろす。

色《いろ》あせた世界《せかい》に、天使《てんし》の羽《はね》がふってくるみたいな、やわらかな時間《じかん》がおとずれた。

「あのね、レイジのカレーはね、たまに、こげこげなの。」

とつぜん、チィちゃんは、そんなことを言《い》う。

「でも、ずるして、おいしくしちゃうんだよ。レイジは、いつも寝《ね》ててね、ぼへーってしてるの。ふにゃふにゃで、たよりないの。でも、やさしいの。」

わたしは、チィちゃんとツクモをしずかに見守《みまも》った。

「ミユキは、あやまってばかりいるの。それでね、『ふぎゃう！』って言《い》って、すぐ転《ころ》ぶの。チィのこと、師匠《ししょう》って呼《よ》ぶんだよ。」

ツクモは、まだ、ふるえている。

「エリノは、ひびきと仲《なか》よしなの。ひびきの大事《だいじ》な友《とも》だちでね、かっこいいの。チィもひびきの友《とも》だちだから、エリノとも友《とも》だちになるの。チィの絵《え》、いーっぱいほめてくれたよ。チィ、もっと仲《なか》よくしたいの。」

チィちゃんは、一度《いちど》わたしを見《み》て、にこっとして、それからツクモを見《み》あげた。

「ひびきは、チィのこと、ぎゅってしたり、こしょこしょしたりするの。大好《だいす》きって意味《いみ》だよ。チィも、ひびきが大好《だいす》き。だから、チィ、ひびきといっしょに帰《かえ》るの。」

チィちゃんの言葉《ことば》はたどたどしいけど、でも、わたしの胸《むね》を熱《あつ》くする。

「あのね、ひびきはね、最初《さいしょ》、痛《いた》い、痛《いた》いって、心《こころ》が泣《な》いていたの。だけどね、いまは、チィがいてね、エリノもいて、レイジもいるから、もう痛《いた》くないんだよ。」

もみじの葉《は》っぱみたいな小《ちい》さな手《て》で、ツクモをなでつづける。

「あなたは、どこが痛《いた》いの？　どんなふうに痛《いた》いの？　チィ、痛《いた》くなくなるおまじない、知《し》ってるよ。ひびきみたいにね、ぎゅって、するんだよ。そしたら、痛《いた》くなくなるの。だから、チィが、ぎゅってしてあげるね。」

チィちゃんが、ツクモのひざからよじよじして、だきつく。

「サムイ……サミシイ……コワイ……ツライ……カナシイ……。」

「こうしたら、もう、寒《さむ》くないの。」

チィちゃんが、ぽんぽん、とツクモをやわらかくたたいた。

「さみしくも、こわくも、つらくも、悲《かな》しくもないよ。」

そのうち、ツクモの細《ほそ》い腕《うで》が、そっとチィちゃんの背中《せなか》にのびた。

でも、ふるえているだけで、チィちゃんにふれようとはしなかった。

そんなことしたら、チィちゃんを、傷《きず》つけてしまうとでも思《おも》っているみたいに。

それを見《み》ていたら、わたしは、じぶんで言《い》った言葉《ことば》を思《おも》いだした。

——福《ふく》の神《かみ》の弟子《でし》ですから！　みんなをしあわせにするのが、しごとですから！　みんなのなかには、あのツクモの女《おんな》のひとだって入《はい》っていいはずです！

そうだ。わたしが言《い》ったんじゃないか。わすれちゃダメだ。

だから、思《おも》いきって、とびだした。

チィちゃんごとツクモの女《おんな》のひとを、ぎゅうっ、とだきしめる。

そのひとは、やっぱり冷《つめ》たかったけど、もう、最初《さいしょ》ほどじゃない気《き》がした。

「福神堂《ふくじんどう》にきませんか？　福《ふく》の神《かみ》さまがいる古本屋《ふるほんや》さんです。古本屋《ふるほんや》さんですけど、おいしいカレーと福神《ふくじん》づけが食《た》べられます。元気《げんき》が出《で》ますよ。」

わたしは、少《すこ》しだけツクモからはなれて、その顔《かお》を見《み》た。もう、こわくはなかった。

「福神堂《ふくじんどう》は、いつでもあなたを大歓迎《だいかんげい》します。」

ツクモが流《なが》す黒《くろ》い涙《なみだ》が、しだいに、透明《とうめい》なものにかわっていく。あたりに光《ひかり》があふれ、黒《くろ》い和服《わふく》がゆっくりと色《いろ》づいていく。暗《くら》い穴《あな》だった目《め》がかがやき、表情《ひょうじょう》が生《う》まれた。

それは、夢《ゆめ》のなかで見《み》たあの女《おんな》のひとと同《おな》じ顔《かお》で。

彼女《かのじょ》は、チィちゃんを見《み》て、わたしを見《み》て、泣《な》きながらほほ笑《え》んだ。

「……ありがとう。」

○　それからのこと　○

あのツクモは、涙《なみだ》を流《なが》したあと、もとの絵《え》の姿《すがた》にもどった。そしたら、いつのまにか、わたしとチィちゃんは、道《みち》のまんなかに立《た》っていて、死神《しにがみ》さんに保護《ほご》された。

「あまり、むちゃをしてくれるな。貧乏神《びんぼうがみ》に知《し》られたら、泣《な》かれてしまう。」

死神《しにがみ》さんから、そんなふうにしかられてしまった。

翌日《よくじつ》、あの絵《え》は、レイジさんのはからいで、美術館《びじゅつかん》にもどされたようだ。盗《ぬす》まれたはずの絵《え》がもどってきた、とニュースになっていた。

「凶暴化《きょうぼうか》の反動《はんどう》でしょう、しばらく、目《め》を覚《さ》ますことなく、眠《ねむ》りつづけると思《おも》います。しかし、ひびきさんとチィちゃんのおかげで、きっと、救《すく》われたはずです。」

レイジさんは、わたしとチィちゃんの頭《あたま》に大《おお》きな手《て》をのせ、そう説明《せつめい》してくれた。

わたしは、あのひとが、もうさみしくないといいな、と思《おも》った。

それから、絵理乃《えりの》ちゃんには会《あ》って直接《ちょくせつ》、話《はな》すことにした。

「東堂《とうどう》ひびきもチィちゃんも、ふたりとも無事《ぶじ》で、ひと安心《あんしん》。」

絵理乃《えりの》ちゃんは、ぐいぐいとわたしをだきしめてくれた。


それから三日《みっか》がたった。今日《きょう》も暑《あつ》い。

「わーい、ひびきーっ。」

福神堂《ふくじんどう》の居間《いま》にすわると、チィちゃんがだきついてくる。

レイジさんが、福《ふく》の神《かみ》のチカラをつかって、破《やぶ》れたページをキレイになおしてくれたので、チィちゃんは、すっかりもとどおりだ。

「本当《ほんとう》によかったよ。チィちゃんがなんともなくて。」

今日《きょう》もチィちゃんは、あったかくて、やわらかくて、甘《あま》い香《かお》りがする。

「チィはね、さいきょーなの。どんとこい、なの。」

「うん。チィちゃんは最強《さいきょう》だ。」

お腹《なか》のところをこしょこしょすると、チィちゃんは、「ふぅもふっ。」と笑《わら》った。

「おふたりとも、大活躍《だいかつやく》でしたねー。いやー、ぼくの出番《でばん》ないですよー。」

レイジさんは、ほにゃらと笑顔《えがお》をうかべ、わたしの顔《かお》をのぞきこんできた。

「ひびきさんは、こんなふうにアヤカシにおそわれたのは、はじめてですね。だいじょうぶですか？　こわくはありませんでしたか？」

わたしは、「はい。」と、うなずいてから、少《すこ》し考《かんが》えて言《い》った。

「でも、やっぱり、ちょっとだけ、こわかったです。」

「とうぜんの感情《かんじょう》です。もし、ひびきさんが望《のぞ》むのなら、エイタくんにお願《ねが》いしましょうか。夢《ゆめ》といっしょに記憶《きおく》を食《た》べてもらえば、こわい気持《きも》ちもなくなるはずです。」

「その必要《ひつよう》はないです。消《け》してしまいたくないです。」

わたしは、首《くび》を横《よこ》にふった。

「それに、本当《ほんとう》にこわかったのは、アヤカシじゃなくて……、たいせつなものが、なくなってしまったり、壊《こわ》れてしまうことなんだと思《おも》いました。」

わたしは、チィちゃんを強《つよ》く、でも、やさしく、だきしめる。

「チィちゃんが、いなくなって、とても、こわかったです。だけど、うらがえしにして考《かんが》えると、あのツクモも、わたしと同《おな》じでこわかったんだと思《おも》うんです。こわくて、さみしくて……痛《いた》いほど、チェルシーをたいせつに思《おも》っていたのがわかりました。」

頭《あたま》のなかで、バラバラになりそうな言葉《ことば》を、ひっしにかき集《あつ》めるようにして、わたしはつづけた。

「だれかを大事《だいじ》に思《おも》う気持《きも》ちって、ひとを強《つよ》くも弱《よわ》くもするんですね。前《まえ》の学校《がっこう》でいろいろあって、お母《かあ》さんやお父《とう》さん、朱音《あかね》さんが怒《おこ》ってくれたとき、わたしは、すごく居心地《いごこち》がわるかったんです。知《し》られないように、もっと気《き》をつけていればよかったと思《おも》いました。わたしが好《す》きなひとたちに、そんな思《おも》いをさせたくなかったんです。だけど、わたしが家族《かぞく》を好《す》きなように、家族《かぞく》もわたしを好《す》きって思《おも》ってくれているんですよね。いまなら、わかります。わかるようになりました。そういう、いまのわたしがいるのは、レイジさんやチィちゃんと出会《であ》えたからだと思《おも》うんです。今回《こんかい》のこともふくめて、ぜんぶ、つながっていて、だから、やっぱり、消《け》したくないです。ちゃんと覚《おぼ》えていたいです。」

「わかりました。ひびきさんの気持《きも》ちを尊重《そんちょう》しましょう。」

なんとなく、ホッとして、わたしはまた言葉《ことば》をつぎたす。

「前《まえ》のわたしは、できるだけ、たいせつなものができないようにしていたのかもしれません。たいせつなものがなければ、壊《こわ》れてしまうこともないですから。そうやって、だれとも関係《かんけい》をきずかないように注意《ちゅうい》していました。」

そのあいだは、ずっと、心《こころ》がおだやかでいられた。じぶんのことだって、どうでもいいことにして、わたしはダイヤモンドみたいにがんじょうな心《こころ》を手《て》に入《い》れたつもりだった。

「でも、福神堂《ふくじんどう》にきて、いろいろなひとに出会《であ》って、それじゃダメってわかったんです。なのに、福《ふく》の神《かみ》の弟子《でし》になったらなったで、弱《よわ》くなっちゃったような気《き》もして、落《お》ちこみました。それでも、わたしが寝《ね》こんでしまったとき、レイジさん、言《い》ってくれたじゃないですか。わたしはちゃんと前《まえ》に進《すす》めている、って。あのときは、半分《はんぶん》わかるような、でも、もう半分《はんぶん》はわからないような、そんな感《かん》じでした。熱《ねつ》もありましたし。だけど、いまは半分《はんぶん》より、もう少《すこ》しわかる気《き》がしています。」

「そうですか。」

「わたし、たいせつなもの、ちょっとずつふえてます。」

だれとも関係《かんけい》をきずかないように、なんて、手《て》おくれだ。チィちゃんも、絵理乃《えりの》ちゃんも、ムジナくんも、エイタくんも、モコさんも、ミユキさんも、大事《だいじ》すぎてこまる。

「チィはね、ひびき、好《す》きー。」

「ありがとう。わたしも、チィちゃんが好《す》きだよ。」

チィちゃんをぎゅっとしてから、レイジさんを見《み》あげる。

「レイジさんも好《す》きです。福神堂《ふくじんどう》も大好《だいす》きな場所《ばしょ》です。」

「おや、これは、なかなか照《て》れますね。」

レイジさんは、寝《ね》ぐせみたいな髪《かみ》を、くしゃくしゃとかきまわした。

わたしも、ちょっとはずかしくて、チィちゃんの頭《あたま》のてっぺんにあごをのせて、かくかくする。チィちゃんが口《くち》に手《て》を当《あ》てて、うれしそうに笑《わら》った。

「英語《えいご》の勉強《べんきょう》、がんばってみようかな。いつか、チィちゃんのお話《はなし》を読破《どくは》しちゃうぞ。」

ふと思《おも》いたって、そう言《い》ってみた。

すると、レイジさんの瞳《ひとみ》が、なぜか、悲《かな》しそうにくもった。

「……レイジさん？　あの、どうかしたんですか？」

まばたきよりも、ちょっとだけ長《なが》く目《め》をとじてから、レイジさんは、ほほ笑《え》む。

「いいえ。なにも。」

第《だい》2話《わ》

ヴァンパイアにご用《よう》心《じん》

○　秋《あき》のおとずれとヴァンパイア　○

夏休《なつやす》みは、絵理乃《えりの》ちゃんやミユキさんとプールにいったり（ミユキさんが溺《おぼ》れて、たいへんだった。）、朱音《あかね》さんと水族館《すいぞくかん》にいって、ダイオウグソクムシを見《み》たり（「でけえダンゴムシだ。」と朱音《あかね》さんは、顔《かお》をしかめていた。）、とても楽《たの》しかった。

お父《とう》さんとお母《かあ》さんも一時帰国《いちじきこく》したので、ひさしぶりに親子《おやこ》ですごすこともできた。

約半年《やくはんとし》ぶりに会《あ》ったお父《とう》さんは、「お父《とう》さんのお姫《ひめ》さま！　会《あ》いたかったよ！」なんて言《い》って、べそべそしながら、ひっついてきたので、ちょっと暑苦《あつくる》しかったけど。のびてきたひげを、じょりじょりさせてくるんだもん。

お母《かあ》さんは、「あら、ひびき、少《すこ》し背《せ》がのびたかしら？」と言《い》った。

「うん。」

「前《まえ》は、こんなに小《ちい》さかったのにね。」

お母《かあ》さんは、「こんなに」と、アルファベットの「C《シー》」を指《ゆび》でつくったんだけど、すきまが二センチくらいしかなかった。それって、わたしがお母《かあ》さんのお腹《なか》のなかにいたころのサイズだし。小《ちい》さすぎるよ。

「朱音《あかね》のごはん、おいしいでしょ? たっぷり食《た》べて、『ジャックと豆《まめ》の木《き》』の豆《まめ》の木《き》みたいに、すくすく背《せ》をのばしなさいね。」

「いや、お母《かあ》さん、それ、のびすぎだって。」

朱音《あかね》さんもいっしょに、みんなで、お墓参《はかまい》りにもいった。

福《ふく》の神《かみ》の弟子《でし》になってから、わたしは、アヤカシやユーレイが見《み》えるようになった。

でも、おじいちゃんにもおばあちゃんにも、会《あ》ったことはない。

きっと、どこか遠《とお》くで見守《みまも》ってくれているのだと思《おも》う。

それから、福神堂《ふくじんどう》では、レイジさんやチィちゃんと花火《はなび》をした。

しゅばばばばばばっ、と、かがやく赤《あか》や緑《みどり》や黄色《きいろ》の火花《ひばな》がキレイだった。

「ひ、と、に、む、け、て、は、い、け、ま、せ、ん。」

チィちゃんは、袋《ふくろ》の注意書《ちゅういが》きを熱心《ねっしん》に読《よ》んでから言《い》った。

「レイジには、むけてもへーき?」

わたしは、「うわあああ、ダメだって！」と、あわてて、チィちゃんをだきあげた。

そんなわたしたちを、レイジさんは、「あははー。」と笑《わら》って、ながめていた。

朱音《あかね》さんがくれた『ワンダー』も読破《どくは》した。

それは、わたしの新《あたら》しい宝物《たからもの》になった。

夏休《なつやす》みの宿題《しゅくだい》には、読書感想文《どくしょかんそうぶん》があって、「課題読書《かだいどくしょ》」か「自由読書《じゆうどくしょ》」のどちらかを選《えら》ぶことができる。「課題読書《かだいどくしょ》」は決《き》められた本《ほん》の感想《かんそう》を書《か》く部門《ぶもん》で、「自由読書《じゆうどくしょ》」は好《す》きな本《ほん》を選《えら》んでいい部門《ぶもん》だ。わたしは、「これを書《か》かずに、なにを書《か》くのだ！」という気持《きも》ちで、『ワンダー』の感想文《かんそうぶん》を書《か》いた。

そんな感《かん》じで、わたしは、小学《しょうがく》五年生《ねんせい》の夏休《なつやす》みをたっぷりと楽《たの》しんだ。


学校《がっこう》がはじまっても、まだまだ暑《あつ》かった。

葵野小学校《あおいのしょうがっこう》には、クーラーがないから、絵理乃《えりの》ちゃんは、毎日《まいにち》、へろへろしてた。

セミも「残暑《ざんしょ》がきびしいですなー。」と言《い》っているみたいに、じぃじぃ鳴《な》いていた。

でも、少《すこ》しすると、朝夕《あさゆう》はすずしくなって、日《ひ》が暮《く》れる時間《じかん》もはやくなってきた。

天使誘拐事件以来《てんしゆうかいじけんいらい》、平和《へいわ》な日《ひ》がつづいていた。

そう、今日《きょう》までは――。


「こんにちはー。」

福神堂《ふくじんどう》のガラス戸《ど》をあけると、チリン、チリン、と鈴《すず》の音《おと》がする。

「ひびきっ！」

いきなり、チィちゃんが突撃《とつげき》してきた。チィちゃんがだきついてくるのは、なれっこになっていたので、わたしは、ひょいとだっこする。

「あのね、なんかね、こわいひとがきてるよ。」

チィちゃんが、むにゅむにゅと、顔《かお》をおしつけてきた。

「こわいひと？」

わたしの頭《あたま》には、死神《しにがみ》さんの顔《かお》が思《おも》いうかんだんだけど。

「オレさまの頼《たの》みが、聞《き》けねえってのかよ！」

聞《き》こえてきた声《こえ》は、死神《しにがみ》さんの声《こえ》ではなかった。レイジさんのものでもない。

わたしは、チィちゃんをかかえたまま、声《こえ》がする居間《いま》のほうをのぞいてみる。

赤毛《あかげ》の男《おとこ》の子《こ》がいた。

わたしと同《おな》い年《どし》くらいに見《み》える。背《せ》も同《おな》じくらい。

ほつれたガーゼのシャツに、かざりのついたハーフパンツを合《あ》わせていた。

ロック・バンドのひとみたいな格好《かっこう》だな、って思《おも》った。

「まあまあ、オズくん。そう怒《おこ》らず、落《お》ちついてくださいな。」

ちゃぶ台《だい》をはさんで、レイジさんはすわり、男《おとこ》の子《こ》は立《た》っている。

「福神《ふくじん》づけでも、いかがです？　特製《とくせい》なんです。おいしいですよ。」

ふにゃふにゃ笑《わら》いながら、レイジさんが言《い》った。

「食《く》いたくねえ！　オレさまは、歯《は》が痛《いて》えっつってんだろ！」

チィちゃんがこわがるのも、無理《むり》はないかもしれない。しゃべりかたが乱暴《らんぼう》だ。

「ですから、歯医者《はいしゃ》さんにいくことを、おすすめしています。ちくちくする、くらいの痛《いた》みであれば、一日《にち》で治療《ちりょう》できるみたいですよ。」

「いきたくねえから、おまえんとこにきたんだろうがよ、レイジ。」

「そうは言《い》われましてもねー、ぼくのしごとの範囲《はんい》をこえて、ぐー。」

「話《はなし》のとちゅうで、寝《ね》てんじゃねえよ！　おまえは、むかしからそうだ！」

ばこん、と赤毛《あかげ》の男《おとこ》の子《こ》が、ちゃぶ台《だい》をけった。

「おっと、すみません。」

レイジさんは、むにゃむにゃ言《い》いながら、まぶたをあける。

「春眠《しゅんみん》あかつきを覚《おぼ》えず、というやつですね。」

「いつまで、春《はる》の気分《きぶん》なんだよ！　もう、九月《がつ》だっつーんだよ！」

『春眠《しゅんみん》あかつきを覚《おぼ》えず』って言葉《ことば》、前《まえ》に読《よ》んでいた本《ほん》に出《で》てきて、むずかしかったから、辞書《じしょ》を引《ひ》いて調《しら》べたことがあった。

『あかつき』は、夜《よ》が明《あ》けるくらいの時間《じかん》のことだ。

春《はる》は気持《きも》ちよく眠《ねむ》れて朝《あさ》になっても目《め》が覚《さ》めない、みたいな意味《いみ》だったはず。

ふと、レイジさんが、こちらに気《き》づいて、にっこり笑《わら》った。

「おや。いらっしゃい、ひびきさん。」

そのひとことで、男《おとこ》の子《こ》もこっちを見《み》る。

それで気《き》づいたのだけど、男《おとこ》の子《こ》は、左目《ひだりめ》に黒《くろ》い眼帯《がんたい》をつけていた。

そして、右目《みぎめ》が、すきとおった黄色《きいろ》い宝石《ほうせき》みたいだった。

「こんにちは。」

わたしは、ぺこん、と頭《あたま》をさげる。

「紹介《しょうかい》しましょう。ひびきさん、こちらは、ぼくの古《ふる》い友人《ゆうじん》で、オズワルド・リッチーくんです。オズくん、彼女《かのじょ》は、ぼくの弟子《でし》の東堂《とうどう》ひびきさんです。」

わたしは、「はじめまして、東堂《とうどう》ひびきです。」と、名《な》のった。

「オレさまは、オズワルドだ。オズと呼《よ》ぶことをゆるしてやる。」

オズくんは、腰《こし》に手《て》を当《あ》てて、ふんぞりかえる。

「レイジさんのお友《とも》だちってことは、ふつうの人間《にんげん》じゃないの？」

ここは、ふつうのひとは、たどりつくことのできない、とくべつな古本屋《ふるほんや》さんだ。

霊感《れいかん》のない絵理乃《えりの》ちゃんは、わたしといっしょでないと、こられない。

「オレさまは、由緒正《ゆいしょただ》しいヴァンパイアだ。敬《うやま》い、そして、おそれるがいい。」

オズくんは、にやりとする。上《うえ》の前歯《まえば》にある二本《ほん》のキバが、むきだしになった。

「ヴァンパイアって、ひとの血《ち》を吸《す》う、あのヴァンパイア？　吸血鬼《きゅうけつき》ってこと？」

「チィ、知《し》ってるの。きゅーけつきって、かぷってするんだよ。かぷって。」

わたしの腕《うで》をかぷかぷするチィちゃん。

「最近《さいきん》じゃ、ひとをおそって、血《ち》を吸《す》うヴァンパイアなんかいねえけどな。ダセえもん。たまに、輸血《ゆけつ》バンクを利用《りよう》するくらいで、あとは、ふつうに食事《しょくじ》をする。オレさまは、ハンバーグが好物《こうぶつ》だ。あと、甘《あま》いもの。」

「チィも、甘《あま》いの大好《だいす》きっ！　ふわーんってなるの、ふわーんて。」

「おまえ、ツクモだな？　甘《あま》いもの好《ず》きとは、なかなか見《み》どころがありやがる。」

オズくんが近《ちか》づいてきて、わしゃわしゃとチィちゃんの髪《かみ》をかきまわす。

その手《て》に、チィちゃんが、がぶりっとかみつき、オズくんは、「ぎゃあっ!?」と、声《こえ》をあげた。

「えっと、歯医者《はいしゃ》さんが、どうとか聞《き》こえたんですけど、なにかあったんですか？」

わたしは、レイジさんにたずねてみた。

「はい。じつは、オズくん、吸血鬼《きゅうけつき》のくせに、虫歯《むしば》になってしまったそうなんです。」

その言葉《ことば》に、オズくんは、苦《にが》いお薬《くすり》を口《くち》に入《い》れたような顔《かお》つきになった。

「けれど、歯医者《はいしゃ》さんにいきたくないから、福《ふく》の神《かみ》のチカラでどうにかしてほしい、という依頼《いらい》をしにきたそうなんです。わざわざ、カナダから来日《らいにち》してまで。」

えっ!?　そんなにも、歯医者《はいしゃ》さんにいきたくないの?

「高《たか》い旅費《りょひ》を出《だ》してきてんだ。さっさと治療《ちりょう》しやがれ、レイジ!」

オズくんは、どすんと、ちゃぶ台《だい》に足《あし》をのせる。

「だから、無理《むり》ですよ。専門外《せんもんがい》です。」

「福《ふく》の神《かみ》なんだから、なんとか、できんだろ!」

「できませんってば。悪化《あっか》する前《まえ》に、おとなしく歯医者《はいしゃ》さんへいってください。」

オズくんは、大《おお》きく舌《した》うちをして、わたしを見《み》た。

「おい。おまえも、このアホの神《かみ》を説得《せっとく》してくれよ。」

「えっと、わたしも、歯医者《はいしゃ》さんにいったほうがいいと思《おも》うけど。」

正直《しょうじき》にそう伝《つた》えると、オズくんは、この世《よ》のおわり、みたいな顔《かお》をした。

「おまえだって、歯医者《はいしゃ》、いったことあんだろ?　こえぇんだよ。オレさまは、歯医者《はいしゃ》と太陽《たいよう》とニンニクが大《だい》キライなんだ。あと、レバニラもキライだ。わかんだろ？」

「わたし、虫歯《むしば》になったことがないから、歯医者《はいしゃ》さんにいったことないの。朱音《あかね》さんの料《りょう》理《り》は、なんでもおいしいから、食《た》べられるし。」

ニンニクたっぷりのギョーザもおいしいし、レバーもニラも小《ちい》さいころは、少《すこ》し苦手《にがて》だったけど、お母《かあ》さんや朱音《あかね》さんがつくると、すごくおいしいものになってしまうのだ。

でも、お父《とう》さんは、レバーが苦手《にがて》で、「ひびき、これ、食《た》べると大《おお》きくなるぞ。」などと言《い》って、わたしに食《た》べさせようとして、お母《かあ》さんに「食《た》べなさい。」って、いつも怒《おこ》られていた。

「お、おまえ、レバニラ食《く》えるのかよ。マジか。おそろしいガキだぜ。」

「……チィ、苦《にが》いのは、ダメなの。」

チィちゃんが、ぼそっとつぶやいた。

「わるいことは言《い》いません。はやく、歯医者《はいしゃ》さんへいったほうがいいですよ。」

レイジさんがやさしく声《こえ》をかける。けど、オズくんは、レイジさんをにらみつけた。

「もういい！　薄情者《はくじょうもの》！　おまえには頼《たの》まねえよ！　友《とも》だちがいのないやつめ！」

そうさけぶと、オズくんは、福神堂《ふくじんどう》を出《で》ていってしまった。

なんだったんだろう……。

「いいんですか、レイジさん？」

「うーん。まあ、いまは、そっとしておきましょう。」

そう言《い》うと、レイジさんは、ごろりんっ、とその場《ば》で寝転《ねころ》んだ。

でも、起《お》きあがりこぼしみたいに、すぐに起《お》きあがって、わたしの顔《かお》をのぞきこむ。

「新学期《しんがっき》もはじまりましたね、ひびきさん。学校生活《がっこうせいかつ》は、いかがですか？」

少《すこ》し前《まえ》のわたしなら、おとなから学校生活《がっこうせいかつ》について聞《き》かれたとき、なんと言《い》えばいいのかわからなくて、「ふつうです。」と答《こた》えていた。

でも、そういう言《い》いかたは、やめたのだ。わたしは、前《まえ》に進《すす》むんだ。

「楽《たの》しいです。」

だけど、「楽《たの》しい」という言葉《ことば》だけじゃ、わたしの気持《きも》ちをあらわすには、たりていない気《き》がしたから、チィちゃんをぎゅっとしながら、ちょっとつけたす。

「一日《いちにち》が二十四時間《じかん》じゃ、たりないくらいです。」

○ スポーツ少女《しょうじょ》 ○

葵野小学校《あおいのしょうがっこう》には、秋《あき》の芸術週間《げいじゅつしゅうかん》というものがある。

芸術週間《げいじゅつしゅうかん》には、「読書《どくしょ》の秋《あき》」もふくまれていて、毎朝《まいあさ》、クラスのだれかが、おすすめの本《ほん》をみんなに紹介《しょうかい》するのだ。

それから、市《し》が管理《かんり》している「ななはま緑地《りょくち》」という公園《こうえん》に出《で》かけていって写生《しゃせい》をする、という行事《ぎょうじ》もある。まるで遠足《えんそく》みたい。「ななはま」には、庭園《ていえん》があったり、アスレチック広場《ひろば》があったり、池《いけ》があったり、テニスコートがあったりして、とても広《ひろ》い。

福神堂《ふくじんどう》でオズくんに会《あ》った日《ひ》から、ちょうど一週間《しゅうかん》。

今日《きょう》は、「ななはま」の日《ひ》だ。

庭園《ていえん》にはコスモスが咲《さ》いていて、甘《あま》い香《かお》りがした。写生《しゃせい》ポイントも、そのあたりが人気《にんき》で、絵理乃《えりの》ちゃんとキラキラチームの女《おんな》の子《こ》たちも、そこを選《えら》んだみたい。

「ねえねえねえ、東堂《とうどう》ひびきも、いっしょにやらない？　コスモス、キレイだよ？」

肩《かた》に画板《がばん》と水筒《すいとう》をさげた絵理乃《えりの》ちゃんが、そうさそってくれた。

「ありがと。でも、わたし、かきたいところ見《み》つけたから、そっちにいくね。」

「あ、そうなんだ。じゃ、しょうがない。でも、お昼《ひる》は、いっしょに食《た》べよっ。」

「うん。」

絵理乃《えりの》ちゃんのステキなところは、わたしの意見《いけん》をたいせつにしてくれるところだ。

どちらかが気持《きも》ちを曲《ま》げて、合《あ》わせてしまうような関係《かんけい》は、きゅうくつで、息苦《いきぐる》しい。

わたしたちは、おたがいに、かきたい場所《ばしょ》があった。

だから、それぞれ好《す》きなものを選《えら》ぶ。そして、同《おな》じものを選《えら》ばなかったからって、わたしたちが友《とも》だちじゃなくなっちゃうことはない。そこがいい。

わたしは、広《ひろ》い芝《しば》のはしっこに立《た》っていたクスノキにひと目《め》ボレしていた。

ものすごく大《おお》きくてりっぱなのに、ひっそりしていて、いい感《かん》じ。

緑《みどり》の葉《は》っぱが重《かさ》なっていて、そのすきまから、太陽《たいよう》の光《ひかり》がキラキラして見《み》える。

わたしは、クスノキを見《み》あげるような位置《いち》にすわって、下《した》がきをはじめた。

なんども消《け》しゴムをかけて、納得《なっとく》がいくまで、なおす。しゃっしゃ。しゅっしゅ。

朝《あさ》の天気予報《てんきよほう》では、降水確率《こうすいかくりつ》ゼロパーセントと言《い》っていた。気持《きも》ちのいい日《ひ》だ。かわいた風《かぜ》が草《くさ》の上《うえ》を走《はし》り、濃《こ》い緑《みどり》の香《かお》りが、わたしの鼻《はな》をくすぐる。

「へえ。東堂《とうどう》さんって、絵《え》、じょうずなんだね。」

いきなり、うしろから声《こえ》をかけられた。

ふりかえってみると、井口《いぐち》さんがわたしの絵《え》をのぞきこんでいた。

井口紗奈《いぐちさな》さん。五年《ねん》二組《くみ》のクラスメイトだ。ショートパンツにボーダーのT《ティー》シャツを合《あ》わせている。長《なが》い髪《かみ》は右横《みぎよこ》でむすばれていた。

いまは席替《せきが》えをしてしまったけど、前《まえ》に井口《いぐち》さんと席《せき》がとなりだったことがある。

そういえば、そのころ、チィちゃんが、わたしにくっついて学校《がっこう》まできちゃったことがあった。そして、天使《てんし》バージョンから本《ほん》の姿《すがた》にもどったところを井口《いぐち》さんに見《み》られちゃったんだった。あのときは、なにもない空中《くうちゅう》から、わたしが本《ほん》をとりだしたみたいって、井《い》口《ぐち》さんをふしぎがらせてしまった。

わたしは、じぶんの絵《え》を、体《からだ》でおおいかくしながら、「ありがとう。」と言《い》った。

「かくさなくてもいいじゃん。どうせ、ろうかに、はるのに。」

「うん、まあ。」

「あたしのも見《み》せるよ。ほら。」

井口《いぐち》さんは、肩《かた》にかけていた画板《がばん》を、わたしのほうにつきだす。

「もう、おわったの？」

井口《いぐち》さんの絵《え》には、色《いろ》もついていた。池《いけ》のアヒルをかいた絵《え》だった。

なんというか……いきおいのあるアヒルだ。はやそう。

「こういうのは、思《おも》いきりが大事《だいじ》なんだよ。悩《なや》んじゃいけない。ところで、えりのんは、いっしょじゃないの？」

えりのん、というのは、絵理乃《えりの》ちゃんのことだ。最近《さいきん》、そう呼《よ》ばれているみたい。

ちなみに、井口《いぐち》さんは、さなぽん、と呼《よ》ばれていた。

「うん。今日《きょう》は、別行動《べつこうどう》。あとで、おべんとうを食《た》べる約束《やくそく》はしたけど。」

「そっか。ここんとこ、仲《なか》いいよね、ふたり。」

「そうかな。」

「東堂《とうどう》さんって、転校《てんこう》してきたばっかりのころ、あんまり、だれともしゃべってなかったでしょ？　でも、近《ちか》ごろは、そんなでもないかなって。前《まえ》は、バリア全開《ぜんかい》って感《かん》じだったけど、いまは、ちょっと、やわらかくなったような気《き》がする。」

「……そう？」

「うん。これ、いまならセーフな気《き》がするから言《い》うけど、最初《さいしょ》、東堂《とうどう》さんのこと、わるく言《い》う子《こ》もいたんだよ？　話《はな》しかけてもつまんないし、なんか感《かん》じわるいって。」

「……自覚《じかく》ある。」

「だけど、えりのんが、『あたしの目《め》の黒《くろ》いうちは、東堂《とうどう》ひびきの悪口《わるくち》は、ゆるさない！』とか言《い》ってて、えりのんにそこまで言《い》わせる東堂《とうどう》さん何者《なにもの》だよ、って思《おも》ってた。」

「そんなことがあったんだ？」

わたしの知《し》らないところで、絵理乃《えりの》ちゃんがそんなふうに言《い》っていてくれたのだと思《おも》うと、心《こころ》が熱《あつ》くなる。

「目《め》の黒《くろ》いうちって、うちら、まだ小学生《しょうがくせい》だけどね。」

井口《いぐち》さんは、小《ちい》さく笑《わら》うと、わたしのとなりにすわった。

わたしは、かくすのはあきらめて、絵《え》のつづきにとりかかる。

しばらくすると、井口《いぐち》さんが鼻《はな》をくんくんさせて、口《くち》をひらいた。

「クスノキって、なんか、ちょっと、おばあちゃんのにおいがするよね。」

「おばあちゃんのにおい？」

わたしは、お父《とう》さんのほうのおばあちゃんを思《おも》いだした。とくに、クスノキの香《かお》りがするとは思《おも》わなかった。お母《かあ》さんのほうのおばあちゃんは、わたしが生《う》まれるよりも前《まえ》に亡《な》くなっていて、会《あ》ったことがないから、わからない。

「ちょっとだけね。あたしのおばあちゃん、ダンスの先生《せんせい》なんだよ。背《せ》すじがぴんとして、かっこいいの。あたしのおばあちゃんは、世界一《せかいいち》。わるいけど、おばあちゃん選手権《せんしゅけん》があったら、余裕《よゆう》で優勝《ゆうしょう》しちゃうね。まちがいない。」

「井口《いぐち》さんは、おばあさんが大好《だいす》きなんだね。」

「うん。あたし、おばあちゃん、大好《だいす》き。」

ちらりと見《み》ると、井口《いぐち》さんは、芝《しば》をぶちぶちむしっていた。

「いまは、病院《びょういん》にいるけど……。はやく元気《げんき》になるといいな。」

「入院《にゅういん》してるの？」

「うん。でも、すぐによくなるよ。約束《やくそく》したもん。」

「そうなんだ。なら、安心《あんしん》だね。」

いままで、こうして井口《いぐち》さんとおしゃべりをしたことはなかった。キライだからとかじゃなくて、なんとなく接点《せってん》がなかったのだ。こうして話《はな》せているのは、今日《きょう》が「ななは ま」の日《ひ》で、天気《てんき》がよくて、風《かぜ》が心地《ここち》いいからかもしれない。

井口《いぐち》さんは、体《からだ》を動《うご》かすことが得意《とくい》で、女子《じょし》のチームより男子《だんし》と仲《なか》がいい。休《やす》み時間《じかん》も男子《だんし》にまじって、バスケをやっていたりする。男子《だんし》も、井口《いぐち》さんに一目置《いちもくお》いてる、って感《かん》じ。体育《たいいく》のときに、走《はし》り高跳《たかと》びで、すごくキレイにとんでいたのを覚《おぼ》えている。

「こんなにいい天気《てんき》なのに、絵《え》なんかかいてる場合《ばあい》じゃないよね。スポーツの秋《あき》は、どうしたんだよー。春《はる》だけじゃなくて、秋《あき》も運動会《うんどうかい》やればいいのに。」

井口《いぐち》さんは、ごろーん、と芝《しば》に寝転《ねころ》がった。

なんだか、ちょっと朱音《あかね》さんに似《に》ている、と思《おも》った。

あ、でも、朱音《あかね》さんなら、スポーツの秋《あき》じゃなくて食欲《しょくよく》の秋《あき》かも。

しゃっ、しゃっ、しゃっと、えんぴつを動《うご》かしながら、そんなことを考《かんが》えていると、ふと、お面《めん》をかぶっている和服姿《わふくすがた》の子《こ》どもの存在《そんざい》に気《き》づいた。その子《こ》は、クスノキの枝《えだ》にひざのうらをひっかけて、ぶらーんと、さかさまにぶらさがっている。

ずいぶん高《たか》いところなので、ひやっとした。

でも、おかしいな。さっきまでは、だれもいなかったはずなのに……。

そう思《おも》った瞬間《しゅんかん》、お面《めん》の子《こ》が、頭《あたま》から地面《じめん》に落下《らっか》した。

「あぶないっ！」

「え、なに⁉　どうしたの⁉」

となりで、ごろごろしていた井口《いぐち》さんが、しゅばっ、と起《お》きあがる。

お面《めん》の子《こ》は、キレイに着地《ちゃくち》して、こっちを指《ゆび》さした。肩《かた》をゆらしている。

たぶん、笑《わら》っているんだ。それから、クスノキのむこうに消《き》えてしまった。

きっと、いまの子《こ》は、アヤカシだ。わたしをからかったんだろう。

わたしは、ため息《いき》をついてから、井口《いぐち》さんを見《み》た。

「ごめん。いまのは、カンちがいで……。」

井口《いぐち》さんは、目《め》を細《ほそ》めて、クスノキを、じっと見《み》つめていた。

「どうしたの、井口《いぐち》さん？」

「あ、いや、うん……なんでもない。」

井口《いぐち》さんは、首《くび》を横《よこ》にふると、立《た》ちあがって、おしりを、ぽんぽん、はたいた。

「よし、もうひとふんばり、サボりますかな。」

「あ、サボるんだ？」

「スポーツ以外《いがい》では、がんばらないのだ。」

井口《いぐち》さんは、その場《ば》で、キレイな側転《そくてん》を決《き》めた。

「そんじゃね、東堂《とうどう》さん。」と言《い》って、去《さ》っていく。


お昼《ひる》には、絵理乃《えりの》ちゃんたちといっしょに、おべんとうを食《た》べた。

おかずをとりかえっこしたら、絵理乃《えりの》ちゃんは、「これは、至高《しこう》で究極《きゅうきょく》のたまご焼《や》きだ！」と、朱音《あかね》さんの料理《りょうり》を絶賛《ぜっさん》した。

お昼休憩《ひるきゅうけい》のあと、色《いろ》ぬりにとりかかり、お面《めん》をかぶったアヤカシに、ちょっとイタズラされたりもしたけど、一日《いちにち》かけて絵《え》を完成《かんせい》させた。わるくない出来《でき》だ。うん。

○ 井口《いぐち》さんのおばあさん ○

その翌日《よくじつ》のことだ。福神堂《ふくじんどう》で、レイジさんから小《ちい》さな紙《かみ》の袋《ふくろ》をわたされた。

「先日《せんじつ》、ミユキさんが落《お》としてしまったヘアピンです。」

「あ、見《み》つかったんですね。よかった。」

わたしの足《あし》もとにいたチィちゃんが、わたしの服《ふく》をくいくいとひっぱった。

「あのね、チィが見《み》つけたんだよ。すごい？　ねえ、チィ、おてがら？」

「うんうん。やったね、チィちゃん。」

そう伝《つた》えると、チィちゃんは、両手《りょうて》を口《くち》に当《あ》てて、羽《はね》をぴこぴこさせた。

「ひびきさんさえよければ、ミユキさんにとどけてあげてくれませんか？」

「はい。もちろんです。」

レイジさんによると、ミユキさんは市内《しない》の総合病院《そうごうびょういん》にいるだろう、とのことだった。

だから、わたしは、チィちゃんと手《て》をつないで病院《びょういん》にむかった。

松葉《まつば》づえをついたお兄《にい》さんとすれちがって、病院《びょういん》の自動《じどう》ドアを通《とお》る。

「ミユキさん、どこにいるかな？」

あたりを見《み》まわしていると、ひとみしりのチィちゃんが、ぎゅっとくっついてきた。わたしは、ぽんぽん、とチィちゃんの背中《せなか》をたたく。

病院《びょういん》のロビーは、だれかを呼《よ》ぶアナウンスや、お年寄《としよ》りの話《はな》し声《ごえ》であふれていた。小《ちい》さな子《こ》の泣《な》き声《ごえ》も聞《き》こえてくる。

そちらに目《め》をやると、チィちゃんくらいの背《せ》の男《おとこ》の子《こ》が、わんわん泣《な》いていた。そばにしゃがんだお母《かあ》さんらしいひとが、「あっくん。いい子《こ》だから、しずかにしようね。」と、声《こえ》をかけている。でも、男《おとこ》の子《こ》が泣《な》きやむ気配《けはい》はなくて、まわりにいるみんなが、そちらをチラチラ見《み》ているのがわかった。

お母《かあ》さんは、こまった顔《かお》をして、「お外《そと》、いこっか。」と、男《おとこ》の子《こ》をうながす。だけど、男《おとこ》の子《こ》はイヤイヤをした。すると——。

「うるせえよ！　そのガキ、だまらせろよ！」

とつぜん、男《おとこ》のひとがどなり声《ごえ》をあげた。

チィちゃんが、びくんっ、と体《からだ》をふるわせる。

わたしもびっくりした。声《こえ》がしたほうを見《み》ると、ソファにすわっている肉《にく》づきのいいおじさんが、泣《な》いている男《おとこ》の子《こ》とお母《かあ》さんをにらみつけていた。

お母《かあ》さんは、おじさんに「すみません。」と、あやまっていた。

おじさんが大声《おおごえ》をあげたせいで、男《おとこ》の子《こ》は、ますます泣《な》いてしまう。

「ちっ。ちゃんとしつけしてんのかよ。病院《びょういん》だぞ。しずかにしろよ。」

おじさんのイライラした口調《くちょう》に、わたしは、心《こころ》が凍《こお》りついた。動《うご》けなくなる。

その場《ば》にいるみんなが、だまりこんでしまい、男《おとこ》の子《こ》だけが泣《な》いていた。

そのときだ。重《おも》たい空気《くうき》を切《き》りさくように、りんとした女《おんな》のひとの声《こえ》がひびいた。

「あなたこそ、しずかになさい。見苦《みぐる》しいよ。」

声《こえ》の主《ぬし》は、背《せ》すじをぴんとのばしたおばあさんだった。

ストライプのシャツにぴったりとしたジーンズという格好《かっこう》をしている。

髪《かみ》の毛《け》は茶色《ちゃいろ》にそめて若々《わかわか》しく、細《ほそ》いチェーンのついたメガネをかけていた。

おばあさんは、颯爽《さっそう》とした足《あし》どりで、おじさんのそばに近《ちか》づいていった。

「なんだよ、ババア。」

おじさんがすごんでみせる。でも、おばあさんはひるまなかった。

「口《くち》のききかたを知《し》らないようだね。こまったもんだ。」

右手《みぎて》を額《ひたい》に、左手《ひだりて》を腰《こし》に当《あ》て、ため息《いき》をつく。

「子《こ》どもは泣《な》くのがしごとなの。このていどのことで、ガタガタ言《い》うんじゃないよ。」

「うるせえから、うるせえって言《い》ったんだ。とうぜんの権利《けんり》だ。」

「権利《けんり》ときたか。たいした義務《ぎむ》もはたしてないくせに、口《くち》だけは一人前《いちにんまえ》じゃないか。」

「女《おんな》のくせに、口出《くちだ》しするんじゃねえよ！」

「たかが男《おとこ》が、生意気《なまいき》言《い》ってんじゃないよ！」

おじさんが「なんだと！」と立《た》ちあがり、おばあさんに手《て》をのばした。

あぶない、って思《おも》ったけど、おばあさんは、ダンスのステップみたいに、すっと横《よこ》に動《うご》いていた。前《まえ》のめりになったおじさんは、いきおいあまって床《ゆか》に転《ころ》んでしまう。

「なんだ、口《くち》ほどにもないね。だらしない。」

「てめえ、ババア！」

おじさんは、顔《かお》をまっ赤《か》にして起《お》きあがった。

「おばあちゃん！　ちょっとちょっと、なにしてんの！」

おじさんとおばあさんのあいだに女《おんな》の子《こ》がわりこんでくる。

その子《こ》は、よく見《み》るまでもなく――。

「……井口《いぐち》さん？」

わたしの声《こえ》に気《き》づいて、井口《いぐち》さんもこちらを見《み》た。

「え？　あ、東堂《とうどう》さん。」

「おや、紗奈《さな》のお友《とも》だちかい？　こんにちは。」

非常事態《ひじょうじたい》のはずなのに、おばあさんは、にこやかな笑《え》みをわたしにむける。

「ババア、ゆるさねえぞ！」

さすがに、このさわぎで、警備員《けいびいん》さんがかけつけてきた。声《こえ》をあららげるおじさんをなだめようとしている。

だけど、おじさんはおとなしくしてくれず、乱暴《らんぼう》な言葉《ことば》をまきちらした。

おばあさんは、「やるのかい、小僧《こぞう》。」と腕《うで》まくりをし、井口《いぐち》さんが「おばあちゃん、タイム！　ダメだって！」と、おばあさんをうしろにひっぱっている。

するとそこへ、音《おと》もなく、黒《くろ》い影《かげ》が近《ちか》づいてきた。

「それだけ元気《げんき》であれば、病院《びょういん》に用《よう》もあるまい。」

黒《くろ》ずくめの死神《しにがみ》さんだ。死神《しにがみ》さんは、ぽん、とおじさんの肩《かた》に手《て》を置《お》いた。

とたんに、おじさんは「ぎゃっ。」と声《こえ》をあげ、そのまま気絶《きぜつ》してしまう。

死神《しにがみ》さんが無表情《むひょうじょう》のまま、わたしを見《み》て、小《ちい》さくうなずいた。

わたしも、ぺこっと頭《あたま》をさげた。チィちゃんは、ちっちゃな手《て》をひらひらとふる。

その直後《ちょくご》に、あたりから拍手《はくしゅ》がわいた。

注目《ちゅうもく》をあびた死神《しにがみ》さんは、顔《かお》をしかめている。

「すごいね、あんた。どうやったんだい？」

おばあさんも胸《むね》の前《まえ》で手《て》をたたいていた。

「合気道《あいきどう》のようなものだ。」

「へえ。たいしたもんだ。助《たす》かったよ。ありがとうね。」

「礼《れい》なら不要《ふよう》である。どうということはない。」

いつもどおりクールな死神《しにがみ》さんは、警備員《けいびいん》さんにぐったりしているおじさんをひきわたした。おばあさんは「おかしな話《はな》しかただね。」と笑《わら》ってから、さっきまで泣《な》いていた男《おとこ》の子《こ》の前《まえ》へいき、少《すこ》しだけ身《み》をかがめる。男《おとこ》の子《こ》は、いつのまにか泣《な》きやんでいた。

「よしよし、強《つよ》い子《こ》だね。泣《な》きやんだじゃないかい。」

男《おとこ》の子《こ》のお母《かあ》さんが「なんて、お礼《れい》を言《い》えばいいのか。」と、胸《むね》に手《て》を当《あ》てている。

「いいんだよ。ほら、強《つよ》い子《こ》には、ごほうびだ。」

おばあさんは、ジーンズのポケットからアメをとりだして、男《おとこ》の子《こ》にわたした。

「ありがとう。」と、男《おとこ》の子《こ》は笑顔《えがお》になる。

「まったくもう、おばあちゃんってば、むちゃしすぎ。」

井口《いぐち》さんが、ぽつりとこぼした。それから、わたしを見《み》て、すすすっとカニ歩《ある》きで近《ちか》づいてくる。井口《いぐち》さんに反応《はんのう》して、チィちゃんが、また、わたしにしがみついた。

「こんなところで会《あ》うなんて、ぐうぜんだね、東堂《とうどう》さん。診察《しんさつ》？」

「ううん、ちょっと用事《ようじ》があって。ねえ、あのひとが井口《いぐち》さんのおばあさん？」

「そう。」

井口《いぐち》さんは、おばあさんのほうをまぶしそうに見《み》る。

「昨日《きのう》、『ななはま』で言《い》ってたとおりだね。みんな、こわくてなにもできなかったのに、井口《いぐち》さんのおばあさんだけちがってた。すごく、かっこよかった。」

「でしょ? ちょっと、あせったけどね。おばあちゃん、曲《ま》がったことがキライだから、ああいうのゆるせないの。あ、そうだ。おばあちゃんに紹介《しょうかい》するよ。きて、東堂《とうどう》さん。」

「あ、うん。」

手招《てまね》きする井口《いぐち》さんについていく。

すると、わたしの腰《こし》にしがみついていたチィちゃんが、ずるずるとひきずられた。

そのとき、井口《いぐち》さんは、「あれ?」と、チィちゃんのいるほうをふりかえった。

わたしにしがみついて、だらーんとしていたチィちゃんも、井口《いぐち》さんを見《み》あげる。

もしかして……井口《いぐち》さんには、チィちゃんが見《み》えていたりして?

一瞬《いっしゅん》そう思《おも》ったんだけど、井口《いぐち》さんは、それ以上《いじょう》はなにも言《い》わなかった。

おばあさんにあいさつをしたら、わたしもアメをもらった。ウメ味《あじ》のやつだ。

井口《いぐち》さんのおばあさんは、ここに入院《にゅういん》しているらしく、外出許可《がいしゅつきょか》をもらって、病院《びょういん》の近所《きんじょ》をさんぽしにいこうとしていたのだそうだ。井口《いぐち》さんがお手洗《てあら》いにいっているあいだに、さわぎに気《き》づいて、かけつけたらしい。

「これからも、紗奈《さな》と仲《なか》よくしてね。」と、おばあさんは言《い》った。

井口《いぐち》さんたちとわかれたあと、わたしは死神《しにがみ》さんにミユキさんのヘアピンをあずけた。

「これ、ミユキさんが福神堂《ふくじんどう》で落《お》としてしまったものなんですけど、死神《しにがみ》さんからわたしてもらってもいいですか？」

なんとなく、わたしがわたすより、よろこぶんじゃないかなと思《おも》ったのだ。

「まかされよう。」

死神《しにがみ》さんは表情《ひょうじょう》をくずさずに、紙《かみ》の袋《ふくろ》ごと受《う》けとり、それから、井口《いぐち》さんたちがむかっていったほうを視線《しせん》で追《お》いかけた。もう、井口《いぐち》さんたちの姿《すがた》はなかったけれど……。

「……どうかしたんですか？」

死神《しにがみ》さんは、「いいや。」と言《い》って、目《め》をとじる。

○ヴァンパイアのルール○

病院《びょういん》での一件《いっけん》から、あっというまに数日《すうじつ》がすぎた。

その日《ひ》、図書室《としょしつ》によってから家《いえ》に帰《かえ》ると、朱音《あかね》さんに「ケチャップを買《か》ってきておくれ。」と、おつかいを頼《たの》まれた。夕飯《ゆうはん》は、オムライスなんだって。楽《たの》しみ。

それで、ポシェットにおサイフを入《い》れて、いそいそとスーパーにむかっていたら……。

道《みち》の少《すこ》し先《さき》にある歯医者《はいしゃ》さんから、ちょうど、男《おとこ》の子《こ》が出《で》てくるのを見《み》かけた。

黒《くろ》い眼帯《がんたい》をした赤毛《あかげ》の男《おとこ》の子《こ》、オズくんだった。

オズくんは、まっ黒《くろ》な傘《かさ》をバサッと広《ひろ》げ、こちらを見《み》る。

「ん？　あ！　おまえ、レイジの弟子《でし》じゃねえか。」

そう言《い》うと、小走《こばし》りで、こちらに近《ちか》づいてきた。

「名前《なまえ》は、たしか……トウキビ。」

ふたしかだな。

「東堂《とうどう》ひびき。」

「そう、東堂《とうどう》ひびき。それが言《い》いたかった。おしかった。」

「オズくんって、日傘《ひがさ》、さしてるんだね。」

男《おとこ》の子《こ》が日傘《ひがさ》をさすのは、少《すこ》しめずらしいけど、オズくんには似合《にあ》っていた。

「オレさまは、ヴァンパイアだからよ。太陽《たいよう》の光《ひかり》は、苦手《にがて》なんだ。」

「日傘《ひがさ》でだいじょうぶなの？　本《ほん》に出《で》てくる吸血鬼《きゅうけつき》って、日《ひ》の光《ひかり》をあびると、ヤケドしたり、場合《ばあい》によっては、灰《はい》になったりするけど……。」

「苦手《にがて》ってだけだ。日焼《ひや》けどめクリームぬっとけば、だいたい平気《へいき》。」

「そ、そうなんだ……。」

日焼《ひや》けどめクリームの力《ちから》は、絶大《ぜつだい》である。

吸血鬼《きゅうけつき》が日光《にっこう》に弱《よわ》い、というのは、本《ほん》で読《よ》んだことがある。

あと、ニンニクなどの香《かお》りが強《つよ》いものにも弱《よわ》いらしい。先日《せんじつ》、オズくんが、「レバニラもキライだ。」と言《い》っていたのは、ニラの香《かお》りがダメってことなのかもしれない。

「歯医者《はいしゃ》さんに診《み》てもらったんだね。痛《いた》くなかった？」

「はっ。よゆーだっつーんだよ、よゆー。」

あんなにこわがってたのに。

「レイジさんに冷《つめ》たくされたから、あきらめて帰《かえ》ったんだと思《おも》ってた。カナダだっけ？」

「日本《にっぽん》にきたのは、レイジに会《あ》うためじゃねえ。虫歯《むしば》の治療《ちりょう》は、ついでだ。」

「ふーん。そうなんだ。」

「ああ。オレさまには、やらなきゃならねえことがある。」

オズくんは、傘《かさ》をななめにして、顔《かお》をかくした。

なんだろう？　まあ、でも、いまのわたしには、ケチャップを買《か》うという使命《しめい》がある。

オムライスには、ケチャップが欠《か》かせない。朱音《あかね》さんのオムライスが楽《たの》しみすぎる。

「あ、じゃあ、わたし、おつかいがあるから、そろそろいくね。」

その場《ば》をはなれようとしたら、オズくんが、がしっとわたしの肩《かた》をつかんだ。

「おいおいおい！　待《ま》てっての。ここまで聞《き》いて、オレさまが、なにしに日本《にっぽん》まできたのか、気《き》になんねえのかよ？」

「え？　べつに。」

「気《き》になれよ！　話《はなし》の流《なが》れからして、そこは気《き》になるところだろうがよ！」

オズくんは、アスファルトを、だむだむ、とふみつける。

「そんなこと言《い》われても……。あ、気《き》になるといえば、眼帯《がんたい》のほうが気《き》になるかも。ケガしてるの？　だいじょうぶ？」

「ちげえよ。これは、かっこいいからだ。ファッションだ。」

「あ、そうなんだ。」

「……おまえって、なんか、ずれてんな。」

オズくんは、小《ちい》さなため息《いき》をもらす。

「まあいい。ちょうど、おまえに会《あ》いたかったとこだ。福神堂《ふくじんどう》へいく手間《てま》がはぶけた。」

「わたしに？」

「おうよ。ちっと、ツラを貸《か》しやがれ、トウキビ。」

オズくんに連《つ》れられて、歩道《ほどう》にならんでいる花壇《かだん》のところへ移動《いどう》した。

コスモスが咲《さ》いている。「ななはま」ほど、たくさんはないけど、キレイだ。

影《かげ》ができている場所《ばしょ》を選《えら》んで、オズくんは傘《かさ》をとじた。それから、その場《ば》にしゃがんで、コスモスをつつき、わたしを見《み》あげる。

「オレさまは、ある人間《にんげん》に会《あ》いにきてやったんだ。」

わたしも、オズくんのとなりにしゃがみ、「うん。」と、うなずく。

「気《き》の強《つよ》い美人《びじん》でよ。世界中《せかいじゅう》を旅《たび》してるとちゅう、この国《くに》へよったときに知《し》りあった。五十年《ねん》ほど前《まえ》のことだ。あいつは十七、八だったかな。ヴァンパイアは年《とし》をとらないから、ひとつの場所《ばしょ》に長居《ながい》ができねえんだ。だから、そいつとの友情《ゆうじょう》も短《みじか》いもんだった。」

「それは……なんだか、さみしいね。」

「人間《にんげん》のモノサシで、はかるんじゃねえ。オレさまには、それでふつうなんだよ。さみしいなんて、ダセえ感情《かんじょう》は、持《も》ちあわせてねえんだ。」

オズくんはそう言《い》ったけど、わたしには、その横顔《よこがお》がさみしそうに見《み》えた。

「ただ、そいつとは、また会《あ》いにくるって約束《やくそく》してたからよ、その約束《やくそく》は守《まも》らねえとな。オレさまは、約束《やくそく》は守《まも》るタイプだ。こんどこそ。」

「こんどこそ?」

「前《まえ》にも会《あ》いにきてやった。でも、そんときは、声《こえ》をかけずに帰《かえ》った。ジャマしちゃ、わるかったからよ。」

「……ジャマって、どういうこと？」

「招待《しょうたい》されてもいねえのに、そいつの結婚式《けっこんしき》に乱入《らんにゅう》するわけにはいかねえだろうがよ。オレさまみたいな怪物《かいぶつ》は、祝《いわ》いの席《せき》じゃ、場《ば》ちがいなのさ。」

オズくんは、やさしく右目《みぎめ》を細《ほそ》める。その目《め》のやわらかさは、ミユキさんが死神《しにがみ》さんについて語《かた》っていたときに似《に》ているって思《おも》った。

もしかしたら、オズくんは、そのひとのことが好《す》きだったんじゃないだろうか。吸血鬼《きゅうけつき》であるオズくんは、そのひとといっしょにいられなくて、だけど、いまでも……。

オズくんは、そっとコスモスに顔《かお》を近《ちか》づける。

「あいつのしあわせそうな顔《かお》、見《み》られりゃ、じゅうぶん……へっ、へっ、くしゃみ！」

「え!?　なに、いまの!?」

「ひっ、くしゃみ！　ああ、くそ、鼻《はな》がむずむずするぜ。」

「くしゃみ。」って言《い》いながら、くしゃみするひと、はじめて見《み》た……。

「いちおう、今回《こんかい》は会《あ》ってやろうと思《おも》ってたんだが、ちょっと問題《もんだい》があってよ。」

「問題《もんだい》って？」

「ヴァンパイアは、めんどくせえ、いくつかのルールにしばられてる。」

「太陽《たいよう》が苦手《にがて》とか、ニンニクが苦手《にがて》とか？」

「そうそう、そういうやつ。ほかに、鏡《かがみ》にうつらない、とかもある。おかげで、歯医者《はいしゃ》のやつ、かなり手間《てま》どりやがった。ヤブ歯医者《はいしゃ》め。」

学校《がっこう》の歯科検診《しかけんしん》のときに、歯医者《はいしゃ》さんは、小《ち》さな鏡《かがみ》をつかっていたっけ。

オズくんの場合《ばあい》、歯《は》もうつらないということなのかも。

「それから、『はじめて、おとずれる家《いえ》は、家人《かじん》に招《まね》かれないと入《はい》れない。』って、制限《せいげん》もある。もともとは、『魔除《まよ》けのある家《いえ》には入《はい》れない。』ってルールだったんだけどな。こればっかりは、オレさまでも、どうにもできねえ。歯医者《はいしゃ》みたいに、だれでも入《はい》れる施設《しせつ》なら、自由《じゆう》に出入《でい》りできるんだけどよ、プライベートな空間《くうかん》に入《はい》るには許可《きょか》がいる。」

オズくんは、いまいましそうに言《い》って、わたしのほうをむいた。

「おまえ、『井口紗奈《いぐちさな》』と、知《し》りあいだな？」

とつぜん、井口《いぐち》さんの名前《なまえ》が出《で》てきたので、わたしはびっくりした。

「井口《いぐち》さん？　うん、まあ、クラスメイトだけど……。どうして知《し》ってるの？」

「調《しら》べりゃ、すぐわかる。なあ、オレさまを、井口紗奈《いぐちさな》に紹介《しょうかい》してくれねえか？」

「……紹介《しょうかい》？」

「オレさまが会《あ》いにきたやつなんだけど、そいつ、いま、病院《びょういん》にいんだよ。」

あ、と思《おも》った。

「もしかして……オズくんが会《あ》いたいのは、井口《いぐち》さんのおばあさんなの？」

「そういうこと。病院《びょういん》の待合室《まちあいしつ》は共用《きょうよう》スペースだし、診察室《しんさつしつ》には招《まね》かれるから平気《へいき》だ。でも、個室《こしつ》のあるフロアは、オレさまひとりじゃ、たどりつけねえ。ほかに方法《ほうほう》がないでもねえけど、めんどくせえ。つーわけで、孫《まご》に許可《きょか》をもらいたいんだ。」

「だけど、井口《いぐち》さんが言《い》ってたよ？　おばあさん、すぐによくなるって。」

先日《せんじつ》、病院《びょういん》で井口《いぐち》さんに紹介《しょうかい》されたときも、すごく元気《げんき》そうだったし、わたしに頼《たの》まなくても、退院《たいいん》するのを待《ま》って会《あ》いにいけばいいんじゃないかな、と思《おも》った。

オズくんは、顔《かお》をコスモスのほうにもどし、指《ゆび》で鼻《はな》の下《した》をこする。

「いや、あいつの命《いのち》は、もう、そんなに長《なが》くねえよ。」

心臓《しんぞう》が、どくん、とはねる。「でも、井口《いぐち》さんは——。」と言《い》いかけて、死神《しにがみ》さんが病院《びょういん》で井口《いぐち》さんたちを気《き》にしていたのを思《おも》いだす。あれは、そういう意味《いみ》だったのかもしれない。だったら、井口《いぐち》さんは、そのことを知《し》らないんだ。知《し》らされてないんだ……。

「もう時間《じかん》がねえ。だから、約束《やくそく》を守《まも》るには、いましかねえんだよ。だから、がまんして、虫歯《むしば》だってなおしたんだ。あいつに、ダセえとこ、見《み》せらんねえもんな。」

「……井口《いぐち》さんのおばあさんは、オズくんが、吸血鬼《きゅうけつき》だって知《し》ってるの？」

「びびらせてやろうと思《おも》って、話《はな》してやったんだ。まあ、信《しん》じちゃいねえかもだけどよ。会《あ》いにいったら、どんな顔《かお》すっかな。オレさまってば、すげえ若《わか》いから、腰《こし》ぬかしちまうかもだぜ。心臓《しんぞう》とまんなきゃいいけどな。」

オズくんは、ワルモノっぽく笑《わら》う。そうすると、二本《ほん》のキバがむきだしになった。それから、ぐっと、ひざをのばす。わたしも、つられて立《た》ちあがった。

オズくんは、眼帯《がんたい》をはずし、黄色《きいろ》い宝石《ほうせき》みたいな目《め》で、わたしをまっすぐに見《み》た。

「頼《たの》む、トウキビ……じゃなくて、福《ふく》の神《かみ》の弟子《でし》。オレさまの願《ねが》いをかなえてくれ。」

○　白《しろ》い部屋《へや》へ　○

翌日《よくじつ》、給食《きゅうしょく》のあとのお昼休《ひるやす》み。

お母《かあ》さんがつくってくれる焼《や》きビーフンを「十おいしいビーフン」だとしたら、給食《きゅうしょく》のビーフンは、「六おいしいビーフン」だった。ぜんぶ食《た》べて、おかわりもしたけど。

「よし。」

お腹《なか》を、ぽんとたたいてから、わたしは席《せき》を立《た》つ。

「ねえ、井口《いぐち》さん。ちょっといい？」

晴《は》れている日《ひ》なら、お昼休《ひるやす》み開始《かいし》のチャイムとどうじに、校庭《こうてい》へとびだしていく井口《いぐち》さんが、今日《きょう》は、つくえでくったりしていた。

めずらしいな、と思《おも》う。でも、ちゃんと話《はな》したかったから、ちょうどいい。

「ん、なに？」

ゆっくりと体《からだ》を起《お》こす。今日《きょう》の井口《いぐち》さんは、ユニフォームみたいに数字《すうじ》がプリントされた大《おお》きめのT《ティー》シャツを着《き》ていた。

「うん。井口《いぐち》さんに話《はなし》があるの。少《すこ》しでいいから、時間《じかん》をくれない？」

「おーい、井口《いぐち》。いかないのかよ？」と、男子《だんし》のひとりがドアのところで声《こえ》をあげる。

「ごめん。今日《きょう》はパス。あんまし、調子《ちょうし》よくないから。」

井口《いぐち》さんは、大《おお》きな声《こえ》でへんじをした。

「え？　井口《いぐち》さん、体調《たいちょう》わるいの？　だいじょうぶ？　保健室《ほけんしつ》、いく？」

「ううん。平気《へいき》。本当《ほんとう》は、遊《あそ》びにいく気分《きぶん》じゃないってだけ。」

「そっか。」

「それで話《はなし》って？」

わたしは、教室《きょうしつ》を見《み》まわした。うしろの掃除用具入《そうじようぐい》れのあたりは、だれもいない。

「こっちにきて。」

井口《いぐち》さんをそちらのほうに連《つ》れていく。それから、むかいあった。

わたしは、福《ふく》の神《かみ》の弟子《でし》として、いくつかのふしぎなことにかかわってきた。

その多《おお》くが、「気持《きも》ち」をだれかに伝《つた》える、ということだった。

言葉《ことば》というものは、なにかを伝《つた》えるためにある。でも、なにもかも伝《つた》えることは、やっぱり、むずかしいと思《おも》う。きっと、ぜんぶを伝《つた》えられるようには、できていないんだ。

わたしがレイジさんに学校生活《がっこうせいかつ》を「楽《たの》しいです。」と言《い》ったときも、「楽《たの》しい」は「楽《たの》しい」なのに、それだけでは、ちょっとたりていない気《き》がした。

「楽《たの》しい」より、もうちょっと楽《たの》しい。そういうことなんだ。

だからこそ、想《おも》いをとどけるには、努力《どりょく》が必要《ひつよう》になる。だれだって。アヤカシだって。

オズくんも。こんども、わたしは、その手伝《てつだ》いをする。

「わたしの知《し》りあいが、井口《いぐち》さんのおばあさんのお見舞《みま》いにいきたい、って言《い》ってるの。」

「……おばあちゃんのお見舞《みま》い？」

「うん。外国《がいこく》のひとで、オズワルドくんっていうんだ。オズくんって呼《よ》んでるんだけどね。えっと、井口《いぐち》さんのおばあさんの友《とも》だちの、お孫《まご》さんなんだって。」

ヴァンパイアは年《とし》をとらない、って、オズくんが言《い》っていた。

井口《いぐち》さんのおばあさんと知《し》りあったのだって、ずいぶん前《まえ》のことらしい。

「おじいさんのかわりに、お見舞《みま》いにいきたいから、紹介《しょうかい》してほしいって頼《たの》まれてるの。」

「どうして、東堂《とうどう》さんに紹介《しょうかい》を頼《たの》むわけ？」

「わたしがお世話《せわ》になっている、古本屋《ふるほんや》さんがあるんだけど、そこのお店《みせ》のひととオズくんが友《とも》だちなんだ。海外《かいがい》のひとだから、勝手《かって》がわからないみたいなの。だから、井口《いぐち》さんがよければだけど、いっしょに連《つ》れていってもらえたら心強《こころづよ》いな、って。」

わたしが言《い》えるのは、そこまで。おばあさんの体《からだ》のぐあいについて、井口《いぐち》さんがだれかからも知《し》らされていないなら、それは、わたしが言《い》っていいことじゃないのだろう。

井口《いぐち》さんは、足《あし》もとに目《め》を落《お》とす。

そんなに親《した》しくもないわたしから、急《きゅう》に言《い》われて、とまどっているみたいだ。

「……そのひとだけど、髪《かみ》、赤《あか》い？　目《め》の色《いろ》は？　琥珀《こはく》みたい？」

しばらくすると、井口《いぐち》さんがそんなことを聞《き》いてきた。

「え？　うん、そうだけど……知《し》ってるの？」

わたしの問《と》いかけに、井口《いぐち》さんは答《こた》えなかった。しんけんな顔《かお》をして、くちびるをぎゅっとむすんでいる。でも、少《すこ》しして、「いつ？」と、たずねてきた。

「井口《いぐち》さんのつごうがつくときで。だけど、できれば、はやいほうがいいみたい。」

「……今日《きょう》の放課後《ほうかご》でもいい？」

「もちろん。」

「それじゃ、五時《じ》に総合病院《そうごうびょういん》の前《まえ》で、待《ま》ちあわせは？」

「うん。わかった。」

オズくんには、すぐ連絡《れんらく》ができるように、「福神堂《ふくじんどう》にいてね。」と、伝《つた》えてあった。

でも、ランドセルを置《お》いて、朱音《あかね》さんに「出《で》かけてきます。」と言《い》ってから外《そと》に出《で》ると、家《いえ》の前《まえ》にオズくんが立《た》っていた。黒《くろ》い傘《かさ》をさしていて、そこだけ、ぽっかりと日差《ひざ》しが切《き》りとられている。

「あれ？　福神堂《ふくじんどう》にいて、って言《い》ったのに。」

「……あんな友《とも》だちがいのないやつの世話《せわ》にはならねえ。」

レイジさんが虫歯《むしば》を治療《ちりょう》してくれなかったことを、根《ね》に持《も》っているみたいだ。

「で、どうだった？　トウキビ……じゃなくて、福《ふく》の神《かみ》の弟子《でし》。」

わたしは、オズくんに、井口《いぐち》さんがおばあさんのところへ連《つ》れていってくれること、オズくんのことは、おばあさんの友《とも》だちの孫《まご》だと伝《つた》えたことなどを報告《ほうこく》した。

「今日《きょう》、これから、会《あ》ってくれるって。」

「そうか。マジで助《たす》かるぜ、トウキビ……じゃなくて、福《ふく》の神《かみ》の弟子《でし》。」

「井口《いぐち》さんとは、総合病院《そうごうびょういん》の前《まえ》で待《ま》ちあわせてるんだ。いっしょにいこう。」


わたしとオズくんが到着《とうちゃく》したとき、井口《いぐち》さんは正門《せいもん》の横《よこ》によりかかっていた。

「ごめん、井口《いぐち》さん。待《ま》たせちゃった。」

「ううん。まだ、五時前《じまえ》だからいいよ。あたしも、きたばっかだし。」

それから、井口《いぐち》さんは、わたしのうしろに目《め》をやった。

「そのひとが、おばあちゃんの友《とも》だち?」

ふりかえってみると、オズくんは、日傘《ひがさ》をさしたまま立《た》ちどまっていた。

井口《いぐち》さんを見《み》て、「そっくりだな。」と、やわらかい声《こえ》でつぶやく。

「オズワルドだ。友《とも》だちは、じいさまな。オレさまは、その孫《まご》だ。よろしく頼《たの》むぜ。」

「あたしは、紗奈《さな》。井口紗奈《いぐちさな》。」

教室《きょうしつ》で聞《き》くよりも、かたい口調《くちょう》で井口《いぐち》さんは名《な》のった。

「ついてきて。」

この言葉《ことば》で、オズくんは、招《まね》かれたことになるのかな。

井口《いぐち》さんを先頭《せんとう》に、わたし、オズくんの順《じゅん》で、縦《たて》にならんで、病院《びょういん》のなかを歩《ある》いた。

入院棟《にゅういんとう》に移動《いどう》して、エレベーターで上《うえ》の階《かい》にあがる。だれもなにも言《い》わなかった。

連《つ》れていかれたのは、五階《かい》にある個室《こしつ》だった。

井口《いぐち》さんがドアをノックすると、なかから「どうぞ。」という声《こえ》がした。

ドアをあけると、シンプルな白《しろ》い部屋《へや》に、小《ちい》さなキッチンやベッド、テレビなどがあった。ホテルの一室《いっしつ》みたいだ。小《ちい》さな棚《たな》があって、そこには、本《ほん》やDVD《ディーブイディー》が置《お》いてある。

ベッドにすわっていた井口《いぐち》さんのおばあさんが、こちらを見《み》た。

ひざの上《うえ》にノートパソコンをのせている。

「なんだい、紗奈《さな》。また、きたのかい。」

井口《いぐち》さんのおばあさんは、にっこりと顔《かお》ぜんたいで笑《わら》った。

あらためて近《ちか》くで見《み》ると、うすくお化粧《けしょう》もしていて、とてもキレイなひとだった。

「おや、あなた、東堂《とうどう》さんだったね。」

「はい。こんにちは。」

「こんにちは。えっと、それから——。」

言《い》いかけて、井口《いぐち》さんのおばあさんは、言葉《ことば》をうしなってしまう。

まっすぐにオズくんを見《み》つめていた。オズくんもおばあさんを見《み》ている。

「……ああ……おどろいた……。本当《ほんとう》に、ちっとも、かわらないんだね。」

「かわらねえんだ。」

そのとき、井口《いぐち》さんが、わたしの手首《てくび》をにぎってきた。思《おも》いがけず、熱《あつ》い手《て》だった。

ここへくるまで、井口《いぐち》さんは、きっと、ずっと、こぶしをにぎりしめていたんだ。

そして、その手《て》は、かすかに、ふるえていた。

「いこう、東堂《とうどう》さん。一階《かい》にカフェがあるから。」

「うん。」

わたしは、井口《いぐち》さんのおばあさんに頭《あたま》をさげる。それから、オズくんに、「下《した》にいるね。」と声《こえ》をかけ、井口《いぐち》さんといっしょにエレベーターまでもどった。

○　とあるヴァンパイアの話《はなし》　○

井口《いぐち》さんはアイスコーヒーを、わたしはコーラを買《か》った。

わたしは、お金《かね》を持《も》ってきていなかったから、井口《いぐち》さんから二百円《えん》、借《か》りた。

「明日《あした》、かえすね。」

「……うん。」

ふたりで、窓際《まどぎわ》の席《せき》に腰《こし》かけた。時間《じかん》のせいなのか、カフェはすいていた。

透明《とうめい》なプラスチックのカップのなかで、炭酸《たんさん》がぷつぷつはじけている。

ストローで吸《す》うと、口《くち》のなかが、しゅわしゅわした。

井口《いぐち》さんは、カップを両手《りょうて》でにぎったまま、うつむいている。

わたしは、窓《まど》の外《そと》を見《み》た。藍色《あいいろ》に、ほのかに赤《あか》がにじんでいた。

すぎ去《さ》ろうとする夏《なつ》を、おしむような色《いろ》だな、と思《おも》った。

井口《いぐち》さんに視線《しせん》をもどす。

いつのまにか、井口《いぐち》さんも顔《かお》をあげていた。そして、とうとつに口《くち》をひらく。

「あのひと、吸血鬼《きゅうけつき》なんでしょ？」

「え？　それは……。」

どうやってごまかそうか、と考《かんが》えたけど、やめておいた。たぶん、意味《いみ》ない。

「井口《いぐち》さん、知《し》ってたんだね。」

「……おばあちゃんから、なんども聞《き》いたの。若《わか》いころに出会《であ》った吸血鬼《きゅうけつき》の話《はなし》。太陽《たいよう》が苦《にが》手《て》で、ニンニクも苦手《にがて》で、はじめての家《いえ》には招《まね》かれないと入《はい》れなくて、少《すこ》しいじわるで、なのに、笑顔《えがお》がかわいくて、髪《かみ》が赤《あか》くて、目《め》が琥珀《こはく》みたいで、キバがあって、ケガをしても、まばたきのあいだになおっちゃったんだって。子《こ》どもの姿《すがた》をしているのに、ときどき、おとなみたいな口《くち》をきいて……求婚《きゅうこん》してきたって。永遠《えいえん》にいっしょにいよう、ってさ。……ずっと、あたしのための、つくり話《ばなし》だと思《おも》ってた。でも、ちがったんだ。」

井口《いぐち》さんは、ストローに口《くち》をつけ、「にが。」と、顔《かお》をしかめる。ミルクもガムシロップも入《い》れてないからだ。でも、井口《いぐち》さんは、そのまま飲《の》みつづけた。中身《なかみ》がからっぽになって、ずずずず、と音《おと》がする。

「……東堂《とうどう》さんって、ちょっと、ふつうじゃないよね？」

「どういうこと？」

「前《まえ》、手品《てじな》みたいに、なにもないところから、本《ほん》をとりだしたこと、あったでしょ？」

わたしたちが、となりの席《せき》だったときの話《はなし》だ。

「ううん。なにもないところからじゃなくて、その前《まえ》に、女《おんな》の子《こ》を見《み》た気《き》がする。」

井口《いぐち》さんが言《い》っているのは、チィちゃんのことだろう。

天使《てんし》の姿《すがた》から、本《ほん》にもどったとき、井口《いぐち》さんに見《み》られていたんだ。

でも、チィちゃんは、霊感《れいかん》のないひとには、見《み》えないはずで……。

「あたし、たまに、そういうの見《み》えるんだ。ちょっとだけど。みんなには、見《み》えてないのに、あたしにだけ見《み》えちゃうときがある。あの女《おんな》の子《こ》、こないだ、東堂《とうどう》さんと病院《びょういん》で会《あ》ったときにもいた気《き》がする。」

やっぱりだ。あのとき、井口《いぐち》さんは、チィちゃんを見《み》ていたんだ。

「それだけじゃないよ。『ななはま』のときは、クスノキのそばで、ヘンなお面《めん》の子《こ》を見《み》た。あの子《こ》の体《からだ》、すけてた……。東堂《とうどう》さん、クスノキ、かいてたよね？　それで、いきなり、『あぶないっ！』って言《い》ったでしょ？　東堂《とうどう》さんも見《み》えてたんじゃないの？」

井口《いぐち》さんは、さらにつづける。

「春《はる》ごろに、音楽室《おんがくしつ》でのっぺらぼうが出《で》た、ってウワサになったのは覚《おぼ》えてる？」

あのときは、のっぺらぼうはいる派《は》と、だれかのイタズラ派《は》で、葵野小学校中《あおいのしょうがっこうじゅう》が大論争《だいろんそう》になった。

「あたしはね、あれを解決《かいけつ》したのも、東堂《とうどう》さんなんじゃないかって思《おも》ってる。学校《がっこう》の怪《かい》談《だん》って、もっと、ゆるいっていうか、きっちり解決《かいけつ》するものじゃないでしょ。本当《ほんとう》は見《み》てない子《こ》も空気《くうき》に流《なが》されて、思《おも》わず『見《み》た！』って、言《い》っちゃったりするもんじゃん。なのに、あのときは、すっぱりウワサがなくなっちゃった。それってさ、ぎゃくに、本当《ほんとう》にいたってことなんじゃない？　本当《ほんとう》にいて、ある日《ひ》、いなくなったんだ。だからこそ、ウワサも消《き》えた。だれも見《み》なくなったから。そうは考《かんが》えられない？　東堂《とうどう》さんが転校《てんこう》してきて、すぐだよ？　それって、ぐうぜん？」

「それは……えっと……。」

「あのころからだよね、東堂《とうどう》さんが、えりのんと仲《なか》いいの。えりのんは、東堂《とうどう》さんのひみつを知《し》ってるわけ？」

「……ひみつ？」

「あたしは、東堂《とうどう》さんが吸血鬼《きゅうけつき》に血《ち》を吸《す》われた人間《にんげん》なんじゃないか、って思《おも》ってる。」

「え？」

「ごまかさないでよ。吸血鬼《きゅうけつき》には、いろんなルールがある。太陽《たいよう》やニンニクが苦手《にがて》とか、はじめての家《いえ》には、招《まね》かれないと入《はい》れないとか。」

それから、と井口《いぐち》さんは言《い》った。

「吸血鬼《きゅうけつき》が血《ち》を吸《す》うと、その人間《にんげん》も吸血鬼《きゅうけつき》になる。」

ああ、そうだ。吸血鬼《きゅうけつき》が出《で》てくるお話《はなし》のパターンだ。

「東堂《とうどう》さんもそうなんでしょ？　だから、ふしぎなチカラがつかえるんじゃないの？　あのオズワルドって子《こ》にかまれたの？　そうなの？」

「わたしは、吸血鬼《きゅうけつき》にかまれたりしてない。太陽《たいよう》だって平気《へいき》でしょ？」

「きっと、もとが人間《にんげん》だからだ。純粋《じゅんすい》な吸血鬼《きゅうけつき》より、太陽《たいよう》に強《つよ》いんじゃないの？　ねえ、お願《ねが》い。本当《ほんとう》のことを教《おし》えて。バラしたりしないから。」

井口《いぐち》さんが、わたしの手《て》をとった。

「あたし、おばあちゃんに死《し》んでほしくない。もっと、長生《ながい》きしてほしい。おばあちゃん、元気《げんき》なフリしてるし、みんな、教《おし》えてくれないけど、あたし、おばあちゃんの病気《びょうき》が重《おも》いの、本当《ほんとう》は知《し》ってる。」

「……井口《いぐち》さん。」

「おばあちゃん、退院《たいいん》するの。でも、それは、病気《びょうき》がなおったからじゃなくて、なおらないからなんだよ。なおらないから、もう治療《ちりょう》しないいんだ。治療《ちりょう》しなくていいって、おばあちゃんが言《い》ったの。でも、あたし、イヤなの！」

井口《いぐち》さんの声《こえ》が大《おお》きくなり、わたしの手《て》をにぎる力《ちから》が強《つよ》まる。

「あたし、おばあちゃん、大好《だいす》きだから、おばあちゃんが苦《くる》しむのは見《み》たくない。見《み》たくないけど、おばあちゃんに、もっと生《い》きていてほしい。ちょっとくらい苦《くる》しくても、痛《いた》くても、つらくても。あたしのわがままだけど、わかってるけど……。」

井口《いぐち》さんの目《め》が、雨《あめ》の日《ひ》に生《う》まれた水《みず》たまりみたいにゆれる。

「おばあちゃんの、血《ち》を吸《す》ってくれれば……おばあちゃん、死《し》ななくなるなら、そうしてほしい。吸血鬼《きゅうけつき》って不老不死《ふろうふし》でしょ？　お願《ねが》い。おばあちゃんを助《たす》けて。あたし、なんでもするから。」

井口《いぐち》さんのおばあさんを想《おも》う気持《きも》ちは本物《ほんもの》なのだ、と痛《いた》いほどわかった。

だから、ここで、ウソをついて、ごまかしてしまいたくないと思《おも》った。

レイジさんは、わたしが、だれにどんなふうに伝《つた》えるか、まかせてくれている。

わたしの気持《きも》ちを優先《ゆうせん》してくれる。それがわかっているだけで、心強《こころづよ》い。

わたしは、呼吸《こきゅう》をととのえた。

もしかしたら、井口《いぐち》さんは、絵理乃《えりの》ちゃんみたいには、わたしを受《う》けいれてくれないかもしれない、という考《かんが》えが頭《あたま》をよぎる。それでも、ちゃんと伝《つた》えよう。

「わたしは、吸血鬼《きゅうけつき》じゃないし、その仲間《なかま》でもない。オズくんにかまれたりしてないよ。」

「でも！」

「うん。でも、ちょっとだけ、ふつうとちがうのは、井口《いぐち》さんの言《い》うとおり。」

「……どういうこと？」

ゆっくりと息《いき》を吸《す》い、はきだす。

「わたしはね、福《ふく》の神《かみ》の弟子《でし》なんだ。」

「……福《ふく》の神《かみ》の、弟子《でし》？」

わたしは、春《はる》からあったことを、ゆっくりと井口《いぐち》さんに説明《せつめい》した。

福神堂《ふくじんどう》について。福《ふく》の神《かみ》のレイジさんと、本《ほん》のツクモのチィちゃんについて。

絵理乃《えりの》ちゃんのストーカー事件《じけん》や、のっぺらぼう事件《じけん》についても。

「わたしは、吸血鬼《きゅうけつき》じゃない。わたしにできることは、だれかがしあわせになることの、お手伝《てつだ》いだけなの。」

「吸血鬼《きゅうけつき》の仲間《なかま》でも、福《ふく》の神《かみ》の弟子《でし》でも、どっちでもいい。おばあちゃんを助《たす》けてくれるんでしょ？　おばあちゃんの病気《びょうき》をなおしてよ。もっと長生《ながい》きさせて。」

「それは……。」

「むちゃなこと、言《い》ってんじゃねえよ。」

声《こえ》がして、わたしと井口《いぐち》さんは、どうじにそちらを見《み》た。

オズくんが、折《お》りたたんだ日傘《ひがさ》を肩《かた》にかついで立《た》っていた。

「オレさまの正体《しょうたい》、バラしやがったのか？」

わたしにむかって、オズくんは言《い》う。

「ちがう。あたし、おばあちゃんから聞《き》いてた。生意気《なまいき》な吸血鬼《きゅうけつき》の話《はなし》。」

井口《いぐち》さんが席《せき》を立《た》って、オズくんにつめよる。わたしもイスから立《た》ちあがった。

「あんたのことでしょ？　あんたは不死身《ふじみ》の吸血鬼《きゅうけつき》だ。おばあちゃんの血《ち》、吸《す》った？」

オズくんは、風《かぜ》のふかない海《うみ》みたいな目《め》で、井口《いぐち》さんを見《み》つめる。

「吸血鬼《きゅうけつき》に血《ち》を吸《す》われたひとも、吸血鬼《きゅうけつき》になるんでしょ？　それで死《し》なくなる。」

「ああ、そうだ。でも、吸《す》わなかった。」

「な、なんで？　おばあちゃんのこと好《す》きだったんでしょ？　だったら――。」

「あいつの望《のぞ》みだからだよ。」

オズくんは、井口《いぐち》さんの言葉《ことば》をさえぎって言《い》った。

「なに……それ？」

「わざわざ、この国《くに》までできたのは、あいつを死《し》なせねえためだ。決《き》まってんだろうが。けどよ、なんつっても、オレさまは、あいつの……友《とも》だちだからよ。あいつがイヤって言《い》うことをするわけにゃいかねえんだよ。」

「そんな……、なんで、おばあちゃん……。」

井口《いぐち》さんは声《こえ》をふるわせる。目《め》にたまった涙《なみだ》が、こぼれ落《お》ちた。

オズくんが、そんな井口《いぐち》さんの頭《あたま》に、ぽん、と手《て》をのせる。

「あいつは、曲《ま》がったことが、むかしからキライだったからな。ヴァンパイアになって死《し》ななくなるのは、しぜんの流《なが》れに反《はん》しているとか説教《せっきょう》してきやがった。……まったく、オレさまをひとりにしやがって。」

つぶやき、オズくんは、首《くび》を横《よこ》にふった。

「あいつは、しあわせだと言《い》ってたぞ。笑《わら》ってた。おまえは、じまんの孫《まご》だそうだ。あいつは、病気《びょうき》のことをナイショにしてるけど、おまえが気《き》づいてるってことに気《き》づいてる。でも、ま、最期《さいご》まで言《い》わねえだろうけどな。ダサいところは見《み》せられねえ、ってよ。でも、きっと、ダサいところ、いっぱい見《み》せるだろうぜ。それが家族《かぞく》ってもんだろ。」

「あ、あたし……。」

「だから、あいつのそばにいてやってくれ。それは、ヴァンパイアにもできねえ大仕事《おおしごと》なんだ。これは、オレさまからの頼《たの》みだ。あいつの……友《とも》だちとしての、な。」

井口《いぐち》さんは、顔《かお》をぐしゅぐしゅこすり、はなをすする。

「あーあー、ガラにもねえこと言《い》っちまった。」

オズくんは顔《かお》をしかめ、井口《いぐち》さんを追《お》いはらうように、しっしっ、と手《て》をふった。

「ガキの涙《なみだ》は苦手《にがて》だ。さっさといけよ。」

井口《いぐち》さんは、手《て》の甲《こう》で、ぐいと顔《かお》をこすって、わたしを見《み》る。

「おばあさんのところ、いってあげて。井口《いぐち》さんにしかできないことだもん。」

小《ちい》さくうなずくと、井口《いぐち》さんは、走《はし》ってカフェから出《で》ていった。

オズくんは、井口《いぐち》さんの背中《せなか》を見送《みおく》ってから、こちらに視線《しせん》をむける。

「感謝《かんしゃ》するぜ、トウキビ……じゃなくて、福《ふく》の神《かみ》の弟子《でし》。なつかしい話《はなし》ができた。」

「もういいよ、トウキビでも。」

ため息《いき》をつく。

「オズくんは、これから、どうするの？」

「せっかくだし、観光《かんこう》でもすっかな。虫歯《むしば》もなおしたし、うまいもんでも食《く》うよ。」

そう言《い》って、オズくんは、キバをむきだしにして笑《わら》う。

○ 日傘《ひがさ》 ○

それから、あっというまに一週間《しゅうかん》がたった。

最近《さいきん》は、ずいぶん、すごしやすくなってきている。半袖《はんそで》だと、少《すこ》し寒《さむ》いくらいだ。

今日《きょう》、井口《いぐち》さんは学校《がっこう》をお休《やす》みした。おばあさんが、お亡《な》くなりになったそうだ。

ほとんどお話《はな》しする機会《きかい》はなかったけど、あんなに元気《げんき》で、まっすぐだったひとが、もうこの世《よ》にいないなんて、すぐには信《しん》じられないことだった。

井口《いぐち》さん、だいじょうぶかな。あんなに、おばあさんが大好《だいす》きだったのに……。


授業《じゅぎょう》がおわって、絵理乃《えりの》ちゃんとならんで校門《こうもん》を出《で》る。

「よお、トウキビ。」

声《こえ》をかけられたので、そっちを見《み》ると、日傘《ひがさ》をさしたオズくんが塀《へい》の上《うえ》からとびおりてきた。黒《くろ》いスーツ姿《すがた》で、ネクタイをしている。眼帯《がんたい》だけが、いつもどおりだ。

「なになに？　東堂《とうどう》ひびきの知《し》りあい？」

絵理乃《えりの》ちゃんが、わたしとオズくんを交互《こうご》に見《み》る。

「ちっとばかし、そいつの世話《せわ》になった者《もの》だ。」

オズくんは、眼帯《がんたい》をしていないほうの右目《みぎめ》を細《ほそ》めた。

「オレさまは、オズワルド・リッチー。オズと呼《よ》ぶことをゆるしてやる。」

「あ、えっと、あたしは、秋山絵理乃《あきやまえりの》。」

「絵理乃《えりの》か。へえ、なかなか、かわいいじゃねえか。」

「や、やだな、もう。かわいいなんて。照《て》れちゃう。えへへ。こまるなー、もう。」

絵理乃《えりの》ちゃんが、わたしの肩《かた》を、ばしばし、たたく。

痛《いた》いからやめてほしい。

「オズくん、こっちにもどってたんだね。」

「まあな。ほらよ、おみやげ。」

オズくんが、紙《かみ》の袋《ふくろ》をわたしにつきだした。

受《う》けとってみると、なかに、お菓子《かし》の箱《はこ》が見《み》えた。あんこの入《はい》った生八《なまや》つ橋《はし》だ。

たしか、京都《きょうと》の定番《ていばん》のおみやげだよね。オズくんは、京都観光《きょうとかんこう》にいったらしい。

「ありがとう。」

「せめてもの礼《れい》だ。じゃ、これだけだから、オレさまは、もういく。」

「ねえ、オズくん、その格好《かっこう》だけど――。」

今日《きょう》、井口《いぐち》さんは、お葬式《そうしき》のために学校《がっこう》を休《やす》んだ。もしかしたら、オズくんも……。

「東堂《とうどう》さん！　オズくん！」

そのとき、とつぜん、名前《なまえ》を呼《よ》ばれた。

「あ、さなぽんだ。」

絵理乃《えりの》ちゃんがつぶやく。

通《とお》りのむこうから、井口《いぐち》さんが走《はし》ってくるところだった。

井口《いぐち》さんも、オズくんと同《おな》じで、黒《くろ》い服《ふく》を着《き》ている。お葬式《そうしき》のときに着《き》る服《ふく》だ。

だけど、井口《いぐち》さんは、その格好《かっこう》には不似合《ふにあ》いなリュックを背負《しょ》っていた。

ずっと走《はし》ってきたのか、井口《いぐち》さんは、汗《あせ》だくだった。わたしたちの前《まえ》で立《た》ちどまり、ひざに手《て》をつく。ぽたん、と汗《あせ》がアスファルトに落《お》ちた。

「だいじょうぶ、井口《いぐち》さん？　すごい汗《あせ》。」

「ちょ……タイム。」

ぜえ、はあ、と肩《かた》で息《いき》をしている。

「これ、つかいなよ、さなぽん。」

絵理乃《えりの》ちゃんが、水玉《みずたま》のかわいいハンカチをわたした。

「あ、ありがと、えりのん。」

井口《いぐち》さんは、絵理乃《えりの》ちゃんからハンカチを受《う》けとると、ぶしゅん、とはなをかんだ。

「うわぁあああっ！　なにすんだよ！　汗《あせ》をふいてって意味《いみ》で貸《か》したんだよ！」

「洗《あら》って、かえす、から。」

「そういう問題《もんだい》じゃないよ！」

半泣《はんな》きで声《こえ》をあげている絵理乃《えりの》ちゃんを無視《むし》して、井口《いぐち》さんが、わたしを見《み》た。

「よかった……。東堂《とうどう》、さん、に会《あ》えれば、オズくんにも、会《あ》える、と思《おも》って、それで、急《いそ》いできたんだ。」

井口《いぐち》さんは、呼吸《こきゅう》をととのえながら、オズくんに視線《しせん》をうつす。

「今日《きょう》、おばあちゃんの、お葬式《そうしき》だったの。」

オズくんの顔《かお》が、くしゃっとゆがんだ。

「……知《し》ってる。見《み》てた。遠《とお》くからだけどよ。」

やっぱり、そうなんだ。オズくんは、井口《いぐち》さんのおばあさんのお葬式《そうしき》を見《み》とどけるために、京都《きょうと》からもどってきたにちがいない。

「そっか。ありがとう。」

「え？　なに？　なんの話《はなし》？」

わたしは、状況《じょうきょう》についていけていない絵理乃《えりの》ちゃんの手《て》をにぎり、ささやいた。

「あとで話《はな》すよ。」

「おばあちゃん、最期《さいご》は、ぜんぜん苦《くる》しそうじゃなかった。笑《わら》ってごはん食《た》べて、少《すく》なかったけど……そのあと、ちょっと横《よこ》になってね、それだけだった。」

「そうか。なら、よかった。」

「うん。あの、それで……。」

井口《いぐち》さんはリュックをおろして、なかから折《お》りたたみの日傘《ひがさ》をとりだす。

「これ、おばあちゃんのお気《き》にいり。あたしが、誕生日《たんじょうび》にプレゼントしたの。」

レースのついた白《しろ》い日傘《ひがさ》だった。それをオズくんにさしだす。

「……オレさまにか？」

「おばあちゃんの想《おも》い出《で》のもの、持《も》っててほしい。ダメ？」

オズくんは、ちょっとのあいだ、井口《いぐち》さんの手《て》のなかの日傘《ひがさ》を見《み》つめていた。

それから、そっと手《て》にとる。

「女《おんな》ものじゃねえか。」

不満《ふまん》を口《くち》にすると、オズくんはじぶんの黒《くろ》い傘《かさ》をとじて、かわりに白《しろ》い日傘《ひがさ》をさした。

「……まったくよ、ダサくて泣《な》けてくるぜ。」

オズくんは、日傘《ひがさ》をかたむける。井口《いぐち》さんの汗《あせ》が、アスファルトにしたたったみたいに、オズくんの足《あし》もとにも、しずくが落《お》ちた。ずず、とはなをすする音《おと》がする。

「ありがたく、もらっていく。」

そして、オズくんは、わたしたちに背《せ》をむけた。

「また、会《あ》いにきて！　ぜったい！　おばあちゃんのこと聞《き》かせて！　約束《やくそく》ね！」

井口《いぐち》さんが大声《おおごえ》で呼《よ》びかけ、手《て》をふる。

「気《き》がむいたらな。」

オズくんは、ふりかえらずに、片手《かたて》だけあげて、そのまま歩《ある》いていって、やがて見《み》えなくなった。

井口《いぐち》さんは、オズくんが見《み》えなくなるまで手《て》をふりつづけ、そして、わんわん泣《な》いた。

絵理乃《えりの》ちゃんのハンカチだけじゃたりなくて、わたしも、ぐしゅぐしゅになるのを覚悟《かくご》で、ハンカチを貸《か》した。井口《いぐち》さんの涙《なみだ》が、それでとまるなら、安《やす》いものだ。

まわりの子《こ》たちが、「なんだろう?」って顔《かお》で、こちらを見《み》る。

なかには、泣《な》きじゃくる井口《いぐち》さんを見《み》て、笑《わら》うひともいた。

わたしと絵理乃《えりの》ちゃんは、そういうひとをにらみつけ、井口《いぐち》さんが落《お》ちつくまで、いっしょにいた。空《そら》がほんのり紅茶色《こうちゃいろ》になるころに、井口《いぐち》さんは泣《な》きやんだ。

手《て》で顔《かお》をふいてから、井口《いぐち》さんは、ぎこちなく笑《わら》った。

「……あり、がと。東堂《とうどう》さんとえりのん、ふたりがいてくれなきゃ、やばかった。落《お》ちこんで、もうダメだったかも。……だから、助《たす》かったよ。本当《ほんとう》にありがとう。」

○ レイジさんの笑顔《えがお》と…… ○

「――というわけで、オズくんのことは、これで一件落着《いっけんらくちゃく》だと思《おも》います。」

福神堂《ふくじんどう》の居間《いま》で、わたしは、レイジさんに今日《きょう》のことを話《はな》した。

レジの横《よこ》にならんですわり、オズくんからもらった八《や》つ橋《はし》をみんなで食《た》べる。

もちもち、うまうま。

「そうですか。」

レイジさんは、にっこりと笑《わら》った。

わたしのひざの上《うえ》にすわったチィちゃんは、口《くち》のまわりに、八《や》つ橋《はし》のきな粉《こ》をくっつけたまま、こっくり、こっくり、舟《ふね》をこいでいる。

ぷにっ、とほっぺをつつくと、チィちゃんは、しゃっきり体《からだ》を起《お》こす。

「眠《ねむ》たいの？」

「眠《ねむ》くないのっ。」

でも、すぐに、こっくり、こっくりした。

わたしは、チィちゃんのお腹《なか》を、ぽんぽんと、やさしくたたく。

「ひびきさんが、福《ふく》の神《かみ》の弟子《でし》になられてから、短《みじか》いようでいて、いろいろなことがありましたね。」

「そうですね。いろんなことがありました。」

おいしそうなカレーの香《かお》りにさそわれて、福神堂《ふくじんどう》に迷《まよ》いこみ、レイジさんやチィちゃんと知《し》りあった。

絵理乃《えりの》ちゃんのストーカー事件《じけん》や、音楽室《おんがくしつ》に出《で》たのっぺらぼう事件《じけん》、夢《ゆめ》の世界《せかい》に連《つ》れていかれたり、モコさんに頼《たの》まれてひとさがしもしたし、ミユキさんの恋《こい》のおうえんをしたこともあった。チィちゃんがいなくなってしまったときは、すごくこわかった。

すべてがたいせつな想《おも》い出《で》で、ひとつだって欠《か》かすことができない。

うれしい、楽《たの》しい、だけじゃない。悲《かな》しい気持《きも》ちも、こわい思《おも》いも、ぜんぶ。

こんなふうに考《かんが》えられるようになったのは、やっぱり、レイジさんに会《あ》えたからだ。

「レイジさん、わたし、みんなに会《あ》えてよかったです。」

腕《うで》のなかのチィちゃんを、ぎゅっとだきしめる。ふわふわの髪《かみ》に顔《かお》をうずめた。

「わたしの毎日《まいにち》、宝石《ほうせき》みたいなんです。宝箱《たからばこ》にいっぱいです。きっと、いつか、ぱんぱんにふくれあがって、月《つき》までとどいちゃいます。それくらい、いま、しあわせです。」

うまく言《い》えていたかな？

ちょろっとレイジさんの顔《かお》を見《み》る。

「それは、なによりです。ひびきさんが、しあわせなら、ぼくもうれしいです。」

レイジさんは、はじめて見《み》たときとかわらない、王子《おうじ》さまみたいにキレイな顔《かお》に、福《ふく》の神《かみ》スマイルをうかべる。

それなのに、レイジさんは、どこかせつなげだった。そして――。

「そろそろ、□□□□なのでしょうかね。」

ぽつりと、なにかをつぶやく。

「え？　すみません、よく聞《き》こえませんでした。もう一度《いちど》、お願《ねが》いします。」

「いいえ、なんでもありません。ひびきさんは、気《き》にしないでください。」

レイジさんは、そう答《こた》えて、また、にこにこ笑《わら》う。

第《だい》3話《わ》

さよならの法則《ほうそく》

○中山先生《なかやませんせい》の提案《ていあん》○

おはよー、おはよー、という朝《あさ》のあいさつがとびかう昇降口《しょうこうぐち》。スニーカーをぬいで、ぺたんこの上《うわ》ばきにはきかえていると、とつぜん、声《こえ》をかけられた。

「おはよう、東堂《とうどう》さん。」

担任《たんにん》の中山先生《なかやませんせい》だ。かわいいメガネをかけている中山先生《なかやませんせい》は、やさしいし、教《おし》えかたがじょうずなので、みんなから好《す》かれている。

「あ、おはようございます。」

わたしは、ぺこりと、頭《あたま》をさげた。

先生《せんせい》は、黒《くろ》い出席簿《しゅっせきぼ》を胸《むね》にだいている。

「ちょうどよかった。ねえ、東堂《とうどう》さん、お話《はなし》があるんだけど、少《すこ》しいいかしら?」

べつに、怒《おこ》られるようなことはしてないと思《おも》うけど……なんだろう?

「はい。」

わたしは、中山先生《なかやませんせい》の横《よこ》にならんで、ろうかのすみっこに移動《いどう》した。

むかいあうと、中山先生《なかやませんせい》がおっとりした口調《くちょう》で言《い》う。

「東堂《とうどう》さん、学校生活《がっこうせいかつ》はどう？　なにか、こまっていることはない？」

「だいじょうぶです。友《とも》だちもできて、楽《たの》しいです。」

おとなを安心《あんしん》させるためのウソではなく、それが本当《ほんとう》の気持《きも》ちだった。

「そう。よかったわ。ほら、東堂《とうどう》さんのお父《とう》さまとお母《かあ》さまは、海外《かいがい》にいらっしゃるでしょう？　先生《せんせい》じゃ、頼《たよ》りないかもしれないけど、なにかあったら、えんりょせず、なんでも言《い》ってね？」

「はい。ありがとうございます。でも、学校《がっこう》のみんなも、朱音《あかね》さん……えっと、叔母《おば》さんも、すごくよくしてくれて、ぜんぜん、こまっていることなんてありません。夏休《なつやす》みには、両親《りょうしん》とも会《あ》いましたし。」

「そう。それならよかったわ。」

中山先生《なかやませんせい》は、メガネのおくの目《め》をやさしく細《ほそ》めた。

「あの、お話《はなし》って、そのことですか？」

「あ、ちがうの。夏休《なつやす》みの宿題《しゅくだい》に、読書感想文《どくしょかんそうぶん》があったでしょう？」

「はい。」

「毎年《まいとし》、みんなに書《か》いてもらった感想文《かんそうぶん》のなかで、とくによく書《か》けているものを、学校代《がっこうだい》表《ひょう》としてコンクールに提出《ていしゅつ》しているの。それで、東堂《とうどう》さんが書《か》いてくれた読書感想文《どくしょかんそうぶん》が、とてもステキだったから、葵野小学校《あおいのしょうがっこう》の代表《だいひょう》にしたいんだけど、いいかしら？」

予想《よそう》していなかったことなので、急《きゅう》に胸《むね》がドキドキしてきた。

「……えっと、はい。だいじょうぶです。」

上《うわ》ばきの先《さき》っぽに視線《しせん》を落《お》とす。

「それでね、せっかくだから、国語《こくご》の時間《じかん》に、みんなの前《まえ》で発表《はっぴょう》してみない？」

わたしは、ランドセルの肩《かた》ベルトのところを、ぎゅっとにぎった。

さすがに、じぶんの感想文《かんそうぶん》をみんなの前《まえ》で読《よ》むのは、はずかしいかも、って思《おも》う。

「それは、あの……なんていうか……。」

わたしが、もごもごと断《ことわ》る言葉《ことば》をさがしていると――。

「すごいじゃん、東堂《とうどう》ひびき！」

そんな声《こえ》が聞《き》こえてきた。ふりかえってみると、ろうかの防火扉《ぼうかとびら》の横《よこ》から、絵理乃《えりの》ちゃんが顔《かお》を出《だ》していた。

「話《はなし》は、すべて聞《き》かせてもらった。」

ぴょこんと、とびだし、わたしのほうにかけよってくる。

「いま、断《ことわ》ろうとしてたでしょ？　ダメだっての。やりなよ、東堂《とうどう》ひびき。」

「いや、でも……。」

「あたしも、えりのんの意見《いけん》に一票《ぴょう》だなー。」

井口《いぐち》さんの姿《すがた》もあった。ひとさし指《ゆび》を立《た》てて、「一票《ぴょう》」をあらわしている。

「東堂《とうどう》さんの読書感想文《どくしょかんそうぶん》、聞《き》いてみたいし。」

井口《いぐち》さんは、ゆっくり歩《ある》いてきて、絵理乃《えりの》ちゃんのとなりにならんだ。

「だけど、わたしの感想文《かんそうぶん》なんて、みんなに聞《き》かせるようなものじゃないし……。」

「そんなことないわ。東堂《とうどう》さんの感想文《かんそうぶん》は、心《こころ》からおもしろいと感《かん》じて、書《か》かれたものなんだなって伝《つた》わってきたもの。無理《むり》やり書《か》かされたものでも、先生《せんせい》や親《おや》にほめられるために書《か》かれたものでもない、ってわかったわ。先生《せんせい》ね、じつは『ワンダー』って本《ほん》、知《し》らなかったのよ？　でも、東堂《とうどう》さんの感想文《かんそうぶん》を読《よ》んでから、気《き》になって、じつは買《か》っちゃったの。」

中山先生《なかやませんせい》は、胸《むね》にだいていた黒《くろ》い出席簿《しゅっせきぼ》のむこうから、水色《みずいろ》のハードカバーの本《ほん》をとりだした。『ワンダー』だ。

「ステキな本《ほん》だったわ。ページをめくる手《て》がとまらなくて、夜更《よふ》かししちゃった。」

先生《せんせい》は、ぺろっと舌《した》を出《だ》してみせる。

「こんなステキな本《ほん》に出会《であ》わせてくれた東堂《とうどう》さんに感謝《かんしゃ》しないといけないわね。どうかしら？　やってみない？　きっとね、クラスには、読書《どくしょ》が苦手《にがて》なお友《とも》だちもいると思《おも》うの。でも、東堂《とうどう》さんの感想文《かんそうぶん》を聞《き》いたら、わたしも、ぼくも、読《よ》んでみよう、って思《おも》う子《こ》が出《で》てくるかも。」

「そうだよ、東堂《とうどう》ひびき。やんなって。」

絵理乃《えりの》ちゃんが、わたしの肩《かた》をつつく。

「あたしの知《し》ってる東堂《とうどう》ひびきは、こういうとき、逃《に》げないんだ。すごく、かっこいいんだ。あたしの東堂《とうどう》ひびきを、うらぎらないでもらいたい。」

絵理乃《えりの》ちゃんのとなりに立《た》つ井口《いぐち》さんも口《くち》をひらいた。

「あたしだったら、すぐ、オーケーしちゃうけどな。努力《どりょく》してできたことを、みんなにほめてもらうのって、気分《きぶん》いいでしょ？　東堂《とうどう》さんは、そういうのイヤなの？　感想文《かんそうぶん》の発表《はっぴょう》なんて、すごいと思《おも》う。やったほうがいいよ。」

「……絵理乃《えりの》ちゃん、井口《いぐち》さん……。」

たぶん、去年《きょねん》までのわたしは、先生《せんせい》にお願《ねが》いされたら、すぐにやっていた。ここで断《ことわ》ったりしたら、先生《せんせい》をこまらせてしまうもの。

でも、いまは、心《こころ》がぐらぐらとゆれる。

みんなの前《まえ》で、じぶんの意見《いけん》を言《い》うなんて、はずかしいと思《おも》ってしまう。

だけど、こんなふうに言《い》ってもらえて、うれしくないわけじゃなかった。

「どうかしら、東堂《とうどう》さん。少《すこ》しだけ、勇気《ゆうき》を出《だ》してみない？」

中山先生《なかやませんせい》が、やわらかな口調《くちょう》で問《と》いかけてくる。

絵理乃《えりの》ちゃんと井口《いぐち》さんと中山先生《なかやませんせい》に見守《みまも》られているなか――。

わたしは、お腹《なか》に力《ちから》を入《い》れて答《こた》えた。

○ わたしが決《き》めたこと ○

「ねえ、ひびき、チィの絵《え》、見《み》てなのっ。見逃《みのが》すとソンなのっ。」

福神堂《ふくじんどう》の居間《いま》で、チィちゃんが、画用紙《がようし》にかいた絵《え》を、ぐわしゃっ、とわたしにつきだしてくる。

「えっとね、チィちゃん。見《み》たいのは、やまやまなんだけど、顔《かお》にくっつけられちゃうと、近《ちか》すぎて見《み》えないや。」

目《め》の前《まえ》が、画用紙《がようし》でおおわれてしまっていたので、これだと、せっかくのチィちゃんの絵《え》を見《み》ることができない。

チィちゃんは、わたしの顔《かお》から画用紙《がようし》をどけると、ぽすん、とわたしのひざの上《うえ》に腰《こし》をおろした。ちっちゃな手《て》で画用紙《がようし》を広《ひろ》げるようにして持《も》って、「はいなの。」と、見《み》せてくれる。

「あのね、これがチィで、こっちにいるのが、ひびきだよ。」

チィちゃんが絵《え》の説明《せつめい》をしてくれた。

「これがミユキで、これがエリノね。それで、このまるいのが、モコ。」

「うんうん。わかる、わかる。チィちゃんの絵《え》は、やっぱり、じょうずだね。」

チィちゃんの絵《え》にかかれているひとは、みんな、笑《わら》ってる。

太陽《たいよう》や、お花《はな》まで笑顔《えがお》。こんなふうに、いつまでも、みんな笑《わら》っていられたらいいな。

「ぼくは、どこでしょう？」

寝転《ねころ》がっていたレイジさんが、そのまま、ごろごろ転《ころ》がりながら、こっちに近《ちか》づいてきて、チィちゃんの絵《え》をのぞきこんだ。

「レイジのこと、わすれてたの。」

「えぇー。」

「思《おも》いだしもしなかったの。」

「うう、ひどい。」

レイジさんは、「いいんです、ぼくなんて、どうせ……。」などと、ふにゃふにゃしながらいじける。けど、ふっと、わたしを見《み》て、「おや？」と、首《くび》をかしげた。

「どうかしましたか、ひびきさん。なんだか、ほおが赤《あか》いですね。ちょっと失礼《しつれい》します。」

レイジさんが体《からだ》を起《お》こして、わたしのおでこにふれる。

「ひびき、また、風邪《かぜ》なの？」

チィちゃんが、心配《しんぱい》そうにわたしを見《み》あげた。

「ふむ。少《すこ》し熱《ねつ》っぽいでしょうか。」

「あ、だいじょうぶです。そういうんじゃないです。」

どうやって話《はな》そうかな、って考《かんが》えてるうちに、顔《かお》が熱《あつ》くなっていたみたい。

わたしは、チィちゃんのぷにぷにの二《に》の腕《うで》を、下《した》から、たぷたぷ、ゆすった。

「えっとですね、夏休《なつやす》みの宿題《しゅくだい》で、読書感想文《どくしょかんそうぶん》があったんです。」

そういうふうに切《き》りだしてみる。

「それで、先生《せんせい》から、みんなの前《まえ》で読《よ》んでほしいってお願《ねが》いされまして……。」

「それは、すごいじゃないですか。」

レイジさんは、ぱふん、と手《て》をうった。

「ひびき、すごいのっ！　一等賞《とうしょう》なのっ！」

「すごい……んでしょうか。思《おも》うままに書《か》いたんですけど、よくわからなくて。最初《さいしょ》は、はずかしいから断《ことわ》ろうとしたんです。でも、絵理乃《えりの》ちゃんや井口《いぐち》さんに、読《よ》んだほうがいいって言《い》われて、なんだか、うれしいような、でも、やっぱり、はずかしいような感《かん》じで……えっと、うまく言《い》えなくて、すみません。」

うつむくと、レイジさんが大《おお》きな手《て》で、わたしの頭《あたま》をなでてくれた。

「はずかしい、という気持《きも》ちは、まわりを意識《いしき》することで、生《う》まれているんですよ。」

レイジさんは言《い》った。

「ひとりでいるなら、はずかしいと感《かん》じることはありませんよね。他人《たにん》が、じぶんをどう見《み》て、どう思《おも》うのかを想像《そうぞう》する。できれば、うまくやりたい。失敗《しっぱい》したくない。認《みと》められたい。はずかしい、という感情《かんじょう》は、そんなときに生《う》まれます。その気持《きも》ちは、きっと、ひびきさんの心《こころ》を高《たか》めてくれると思《おも》いますよ。」

「でも、こういうとき、はずかしがらずにできたほうが、ずっといいのに……。」

「そんなふうに感《かん》じるひびきさんが書《か》いたからこそ、選《えら》ばれたんじゃありませんか？」

「……そう、ですかね。」

「ええ。ひびきさんは、読書家《どくしょか》だけあって、いろいろなことを知《し》っていますね。でも、知《ち》識《しき》として持《も》っているだけでは、十分《じゅうぶん》とはいえません。実際《じっさい》に体験《たいけん》し、心《こころ》をふるわせることも必要《ひつよう》だと思《おも》います。最近《さいきん》のひびきさんは、以前《いぜん》のように、悲《かな》しい、うれしい、楽《たの》しい、苦《くる》しい、そういう感情《かんじょう》を心《こころ》の底《そこ》におしこめてしまわなくなりましたね。たいせつなことですよ。いまだって、はずかしいという気持《きも》ちだけではないはずです。ほこらしい気持《きも》ちもありませんか？」

「……ちょっとだけ、あります。」

「でしょう？　どうぞ、胸《むね》をはってください。」

わたしは、もごもごしてから、チィちゃんの頭《あたま》のてっぺんに、口《くち》をつけて、もふぉお、と息《いき》をはきかけた。チィちゃんは、きゃっきゃっと笑《わら》う。

「あのね、チィもね、ひびきが書《か》いたの、知《し》りたいの。チィにも聞《き》かせて？」

「ああ。それは、名案《めいあん》で……。」

レイジさんは、とちゅうまで言《い》ったのに、最後《さいご》までは言《い》わなかった。顔《かお》をあげると、レイジさんはキレイな笑《え》みをうかべていた。

でも、それは、なんだか泣《な》くのをがまんしているような顔《かお》にも見《み》えた。

……なんだろう？

このところ、レイジさんのそんな顔《かお》を、たまに見《み》ている気《き》がする。


夕飯《ゆうはん》のときに、朱音《あかね》さんにも読書感想文《どくしょかんそうぶん》の話《はなし》をしてみた。

「マジか！　でかしたぞ！」

箸《はし》をにぎりしめた朱音《あかね》さんがイスから立《た》ちあがり、こちらに身《み》をのりだしてくる。

「それはなに？　授業参観的《じゅぎょうさんかんてき》なイベントなのか？」

「いえ、そんな大《おお》げさなやつではないです。ふつうに授業《じゅぎょう》で、読《よ》むだけだと思《おも》います。」

「ええー。ひびきの晴《は》れ舞台《ぶたい》なのに、見《み》れんのか。」

朱音《あかね》さんは、すとん、とイスにすわりなおした。

「ほんと、ふつうに読《よ》むだけですよ。」

「でも、もしかしたら、コンクールですごい上《うえ》のほうまでいっちゃうかもだろ？　すごいじゃん。もっと、はやく言《い》えよー。そしたら、ごちそう、つくったのに。」

「朱音《あかね》さんのつくったエビフライ、すごくおいしいですよ？」

衣《ころも》はさくさくで、なかのエビはぷりぷり。タルタルソースは、朱音《あかね》さんのお手伝《てつだ》いをして、いっしょにつくった。市販《しはん》のものより甘《あま》くて、歯《は》ごたえがある。それは、材料《ざいりょう》に、ピクルスではなく、たくあんをつかっているからなのだ。

「とにかく、こうしちゃ、おれん。国際電話《こくさいでんわ》だ。姉《ねえ》ちゃんに教《おし》えないと。むこうって、いま、何時《なんじ》だっけ？」

「そこまでしないでいいですって！」

朱音《あかね》さんが本気《ほんき》っぽかったから、あせった。お母《かあ》さんとお父《とう》さんがいるところは、電気《でんき》がちゃんと通《とお》っていない地域《ちいき》なので、電話《でんわ》をするのも大事《おおごと》になってしまうのだ。

でも……。

言《い》ってよかった。心《こころ》がほこほこする。わたしは、思《おも》ってたより、じぶんの感想文《かんそうぶん》を選《えら》んでもらえたことがうれしかったんだ。いろんなひとに、じまんしてるみたいで、子《こ》どもっぽかったかな、とも思《おも》ったけど、べつにいいや。わたし、子《こ》どもだし。

うん。これから、いろいろなことが、うまくいきそうな気《き》がしてきた。

○ 読書感想文《どくしょかんそうぶん》 ○

翌日《よくじつ》は、朝《あさ》からよく晴《は》れていた。
でも、天気予報《てんきよほう》だと、午後《ごご》から雨《あめ》なんだって。
ランドセルの横《よこ》に折《お》りたたみの傘《かさ》をひっかけて登校《とうこう》した。
一時間目《じかんめ》の算数《さんすう》、二時間目《じかんめ》の社会《しゃかい》の授業《じゅぎょう》がおわって、とうとう三時間目《じかんめ》の国語《こくご》の時間《じかん》が
やってきた。チャイムが鳴《な》り、みんなが席《せき》について、中山先生《なかやませんせい》が教壇《きょうだん》に立《た》つ。
「今日《きょう》は、いつもの授業《じゅぎょう》の前《まえ》に、少《すこ》し時間《じかん》をとります。」
先生《せんせい》は、そんなふうに話《はな》しはじめた。
教室《きょうしつ》のなかが、「なんだろ?」って感《かん》じで、ざわざわする。
「はいはーい。しずかにね。」
先生《せんせい》は、ぽんぽん、と手《て》をたたいた。
それから、先生《せんせい》は、夏休《なつやす》みの宿題《しゅくだい》になっていた読書感想文《どくしょかんそうぶん》で、わたしの書《か》いたものが、

校内入選《こうないにゅうせん》したことを説明《せつめい》した。

そのあいだ、わたしは、手《て》のひらにいっぱい汗《あせ》をかいていた。

心臓《しんぞう》がバクバクと音《おと》を立《た》てている。顔《かお》が熱《あつ》い。耳《みみ》も熱《あつ》い。

「いまから、東堂《とうどう》さんに読《よ》んでもらいましょう。それじゃあ、東堂《とうどう》さん、前《まえ》に出《で》てきてくれるかしら？」

「は、はい。」

わたしはイスから立《た》ちあがる。イスの脚《あし》が床《ゆか》をこすって、ギギッと大《おお》きな音《おと》を立《た》てた。

それだけで、ドキドキする。

前《まえ》もって、先生《せんせい》が感想文《かんそうぶん》をコピーしてくれたもの（オリジナルのほうは、提出《ていしゅつ》するからだって。）をわたされていたから、それと『ワンダー』を持《も》って、うつむきながら前《まえ》のほうに歩《ある》いていく。

教卓《きょうたく》のところまできて、教室《きょうしつ》を見《み》わたすと、みんながこっちを見《み》ていた。

はずかしがりやのミユキさんでなくても、これは、キンチョーする。

「まずは、読《よ》んだことがないお友《とも》だちもいるから、どんな本《ほん》なのかを説明《せつめい》してくれるかしら、東堂《とうどう》さん。」

「……はい。」

ふと、絵理乃《えりの》ちゃんが頭《あたま》の上《うえ》で、紙《かみ》をふっているのに気《き》づいた。ペンで『ファイト！』と書《か》いてある。字《じ》のまわりは、星《ほし》やハートでかざられていた。絵理乃《えりの》ちゃんは、ぺらりと紙《かみ》をめくる。こんどは、『リラックス』と書《か》かれていた。

わたしのために、用意《ようい》してくれたんだ。

わたしは、深呼吸《しんこきゅう》をする。

絵理乃《えりの》ちゃんが、また、紙《かみ》をめくった。『そこで、おもしろい一発《いっぱつ》ギャグを！』

いやいやいや。

視線《しせん》をうつすと、井口《いぐち》さんと目《め》が合《あ》った。

井口《いぐち》さんは、親指《おやゆび》を立《た》てて、にかっと笑《わら》う。

わたしは、うなずきかえした。もう一回《いっかい》、深呼吸《しんこきゅう》をして、口《くち》をひらく。

「わたしは、夏休《なつやす》みの宿題《しゅくだい》で、R《アール》・J《ジェー》・パラシオさんが書《か》いた『ワンダー』という本《ほん》の読《どく》書感想文《しょかんそうぶん》を書《か》きました。この本《ほん》です。」

水色《みずいろ》の表紙《ひょうし》の本《ほん》を胸《むね》の高《たか》さまで持《も》ちあげる。

「えっと、『ワンダー』は、群像劇《ぐんぞうげき》というスタイルの小説《しょうせつ》です。でも、ぜんたいの主人公《しゅじんこう》は、オーガストという名前《なまえ》の十歳《さい》の男《おとこ》の子《こ》です。みんなからは、オギーと呼《よ》ばれています。オギーは、学校《がっこう》にいったことがありません。生《う》まれつきの病気《びょうき》で、なんども手術《しゅじゅつ》をしていたからです。勉強《べんきょう》は、お母《かあ》さんに教《おそ》わっていました。それから、オギーは病気《びょうき》のせいで、顔《かお》が『ふつう』とは、ちがいます。はじめて見《み》たひとが、悲鳴《ひめい》をあげてしまうような顔《かお》をしているんです。そんなオギーが、学校《がっこう》にいくことになる、というお話《はなし》です。」

本《ほん》を持《も》つ手《て》が、ちょっとふるえていた。

でも、声《こえ》は、意外《いがい》とちゃんと出《だ》せる。

「オギーにやさしくしてくれるひともいますが、いじわるするひともたくさん、出《で》てきます。でも、オギーは、ただのかわいそうな子《こ》ではありません。いいこともすれば、ちょっとだけ、わるいこともする、ふつうの子《こ》なんです。そんなオギーが、まわりのひとたちとかかわっていくうちに成長《せいちょう》していき、まわりのひとたちも少《すこ》しずつかわっていく、というのが、『ワンダー』のあらすじです。」

教室《きょうしつ》のなかは、しずかだった。

わたしは、一度《ど》、中山先生《なかやませんせい》を見《み》る。先生《せんせい》は、にっこりした。

「ありがとう、東堂《とうどう》さん。とっても、わかりやすい説明《せつめい》だったわ。だれか、東堂《とうどう》さんに質《しつ》問《もん》はあるかしら？」

「はい、井口《いぐち》さん。」

先生《せんせい》の問《と》いかけに、井口《いぐち》さんが手《て》をあげた。

先生《せんせい》に当《あ》てられて、井口《いぐち》さんが口《くち》をひらく。

「グンゾウゲキ、というのが、むずかしくて、よくわかりませんでした。」

「あ、はい。えっと、群像劇《ぐんぞうげき》というのは、ひとりの語《かた》り手《て》のお話《はなし》ではなくて、たくさんの登場人物《とうじょうじんぶつ》の目《め》を通《とお》して物語《ものがたり》が進《すす》むものをいいます。だから、読《よ》んでいるとちゅうで、語《かた》り手《て》が交代《こうたい》していくんです。最初《さいしょ》は、オギーがお話《はなし》を進《すす》めますが、とちゅうで、お姉《ねえ》さんが進行役《しんこうやく》にかわったり、友《とも》だちの目《め》から見《み》た世界《せかい》が語《かた》られていきます。『ワンダー』は、オギーと、オギーのまわりにいるひとびとの物語《ものがたり》です。あの……わかりにくいですか？」

「ううん。よくわかりましたっ。」

井口《いぐち》さんは、元気《げんき》よく言《い》った。

「ほかに質問《しつもん》があるひとは、いるかしら？」

中山先生《なかやませんせい》がたずねる。こんどは、だれも手《て》をあげなかった。

「それじゃあ、東堂《とうどう》さん。感想文《かんそうぶん》を聞《き》かせてくれる？」

「はい。」

わたしは、『ワンダー』を置《お》いて、読書感想文《どくしょかんそうぶん》の紙《かみ》を広《ひろ》げる。

「えっと、じゃあ、読《よ》みます。わたしは、『ワンダー』を読《よ》んで、オギーは鏡《かがみ》のようだな、と思《おも》いました。オギーの前《まえ》に立《た》ったひとは、きっと、じぶん自身《じしん》を見《み》つめなければならないのです。ふだんは、意識《いしき》していない、じぶんの本当《ほんとう》の気持《きも》ちが、オギーの前《まえ》では、ぽろっと出《で》てしまいます。そして、じぶんが、そんなことを考《かんが》えていたのか、と気《き》づかされます。親切《しんせつ》なひとは、親切《しんせつ》なじぶんが見《み》えて、いじわるなひとは、いじわるなじぶんがうつります。親切《しんせつ》なひとのなかに、いじわるな部分《ぶぶん》がかくれていることもあります。反対《はんたい》に、いじわるなひとのなかにも、親切《しんせつ》な部分《ぶぶん》があったりします。それまで、じぶんで知《し》っていたじぶんが、オギーの前《まえ》にいくと、ゆさぶられて——。」

○ ニックネーム ○

その日《ひ》のお昼休《ひるやす》みのことだ。

「いやー、東堂《とうどう》ひびきの演説《えんぜつ》は、なかなかだったね。」

絵理乃《えりの》ちゃんが、わたしのつくえの前《まえ》に立《た》って言《い》った。

「演説《えんぜつ》じゃなくて、感想文《かんそうぶん》を読《よ》んだだけだけど……。」

とちゅうで、つかえたりもしちゃったけど、ちゃんと最後《さいご》まで読《よ》むことができた。

おわると、みんなが拍手《はくしゅ》をしてくれた。

たぶん、絵理乃《えりの》ちゃんの拍手《はくしゅ》がいちばん大《おお》きかった。

そのあと、じぶんの席《せき》にもどったら、なんだか、プールで泳《およ》いだあとみたいに、どっとつかれていることに気《き》づいた。体《からだ》が重《おも》いような、ぎゃくに、すごく軽《かる》いような、ヘンな感《かん》じだった。

「あたし、ふだんは、あんまし本《ほん》って読《よ》まないんだよね。」

わたしのとなりの席《せき》（大野《おおの》くんの席《せき》なんだけど、いまはいない。）にすわった井口《いぐち》さんが言《い》った。

いつもなら、給食後《きゅうしょくご》のお昼休《ひるやす》みは、男子《だんし》と外《そと》で遊《あそ》んでることが多《おお》いのに、今日《きょう》は絵理乃《えりの》ちゃんといっしょに、わたしのところへやってきていた。

「読《よ》むと、眠《ねむ》くなっちゃってさ。」

井口《いぐち》さんは、レイジさんみたいなことを言《い》っている。

「けど、東堂《とうどう》さんの感想《かんそう》は、なんかよかった。読《よ》んでみようかな、って思《おも》った。」

「あ、よければ、貸《か》すけど？」

「え？　いいの？　やった。東堂《とうどう》さん、ありがと。」

わたしは、机《つくえ》のなかにしまっていた『ワンダー』をとりだして、井口《いぐち》さんにわたす。井《い》口《ぐち》さんは、本《ほん》を受《う》けとると、ぱらぱら、と中身《なかみ》をめくった。

絵理乃《えりの》ちゃんも、井口《いぐち》さんの横《よこ》からのぞきこんでいる。

「海外《かいがい》の小説《しょうせつ》ってのは、名前《なまえ》が覚《おぼ》えにくいんだよね。やっぱ、なじみがない名前《なまえ》だからさ。でも、帯《おび》のとこに登場人物紹介《とうじょうじんぶつしょうかい》もあるし、これなら、さなぽんでも平気《へいき》そう。っていうか、あたしも読《よ》もう。次《つぎ》、貸《か》してよ、東堂《とうどう》ひびき。」

「うん、いいよ。」

「あ、そういえばさ。」

井口《いぐち》さんが本《ほん》から顔《かお》をあげる。

「あたし、東堂《とうどう》さんのこと、『東堂《とうどう》さん』って呼《よ》んでるけど、せっかく仲《なか》よくなったんだし、どうせならニックネームで呼《よ》びたいな。」

「え？」

「ほら、オーガストは、『オギー』って呼《よ》ばれてるんでしょ？　だったら、東堂《とうどう》さんもなにか、呼《よ》びかた考《かんが》えないと。」

「東堂《とうどう》ひびきは、東堂《とうどう》ひびきなんだってば。」

絵理乃《えりの》ちゃんが、井口《いぐち》さんの肩《かた》に手《て》を置《お》く。

「フルネームで呼《よ》んでんのは、えりのんだけだっての。」

「東堂《とうどう》ひびきほど東堂《とうどう》ひびきらしい東堂《とうどう》ひびきは、ほかにはいない。」

そりゃそうだ。

井口《いぐち》さんは、腕組《うでぐ》みをする。

「東堂《とうどう》ひびき……東堂《とうどう》ひびき……うーん。ひびきん……ひびきんぐ？　お、よくない？」

「いや、ごめん。それはちょっと……。」

「そっか。じゃあ……ひっきー、びっきー、ひびきち。んー、あっ！　トウキビってどうかな？」

すごいの思《おも》いついちゃいました、みたいな顔《かお》で、井口《いぐち》さんはわたしを見《み》る。

いや、それ、オズくんが言《い》ってたやつだし。いまいちだし。

「ふつうに、ひびき、って呼《よ》んでくれるとうれしいかな。」

そう伝《つた》えてみた。

「お父《とう》さんとお母《かあ》さんがつけてくれた名前《なまえ》、気《き》にいってるんだ。」

「そっか。じゃ、ひびき、って呼《よ》ぶね。あたしも紗奈《さな》って名前《なまえ》、好《す》きなの。おばあちゃんがつけてくれたんだ。」

「じゃあ、わたしは、紗奈《さな》ちゃんって呼《よ》ぶよ。」

えへへ、と井口《いぐち》さん……じゃなくて、紗奈《さな》ちゃんが笑《わら》った。

○　たどりつけない　○

家《いえ》に帰《かえ》ると、朱音《あかね》さんが「どうだった？　どうだった？」と、聞《き》いてきた。

「キンチョーしましたけど、ちゃんと、みんなの前《まえ》で読《よ》めました。」

「そっか、そっか。」

朱音《あかね》さんは、中腰《ちゅうごし》になって、わたしの顔《かお》を両側《りょうがわ》からはさむと、ほおをくにくにした。

「よし。じゃ、こんどは、あたしのためだけに読《よ》んでもらおうかね。」

わたしは、リビングのソファにすわる朱音《あかね》さんの前《まえ》で、読書感想文《どくしょかんそうぶん》を読《よ》みあげた。

せっかくだからって、動画撮影《どうがさつえい》までされてしまった。

「あとで、おまえのママにも見《み》せてやろう。」

朗読後《ろうどくご》、朱音《あかね》さんは、動画《どうが》を再生《さいせい》しながら、なんどもうなずいていた。

うれしいし、やっぱり、はずかしい。お腹《なか》のところが、ふわふわした。

「朱音《あかね》さん、ちょっと出《で》かけてきてもいいですか？」

「おう。なんだ、友《とも》だちと約束《やくそく》?」

「えっと、はい。そうです。」

「よしよし、いってこい。車《くるま》には気《き》をつけろよ。あと、傘《かさ》は持《も》ってけ。なんか、くもってきてっからな。」


スニーカーをはいて、家《いえ》を出《で》る。

ちょっと、きつくなった気《き》がする。足《あし》が大《おお》きくなったのかな。

朝《あさ》、絵《え》の具《ぐ》の青《あお》を水《みず》にとかしたみたいな色《いろ》だった空《そら》は、いまは、どんよりしていた。

ぜんぶの絵《え》の具《ぐ》をまぜたみたいな色《いろ》だ。

それでも、チィちゃんと約束《やくそく》していたから、折《お》りたたんだ読書感想文《どくしょかんそうぶん》の紙《かみ》をポケットにしまい、傘《かさ》を片手《かたて》に、てこてこ歩《ある》いた。

福神堂《ふくじんどう》は、レトロでかわいいお店《みせ》だ。町《まち》のなかに、ぽつんとたっている。

とはいっても、ふつうのひとには、見《み》つけることができない。

福《ふく》の神《かみ》さまのとくべつな古本屋《ふるほんや》さん。

わたしは、いつもの道順《みちじゅん》で、福神堂《ふくじんどう》へむかった。そのはずなのに――。

「……あれ？　おかしいな。」

いつのまにか、福神堂《ふくじんどう》があるはずの場所《ばしょ》を通《とお》りすぎていた。

ぼうっとしてたのかな。

わたしは、きた道《みち》をひきかえす。

歩《ある》いて、歩《ある》いて、歩《ある》いて……。

そしたら、いつのまにか、家《いえ》の近《ちか》くまでもどってきていた。

「どうなってるの……？」

わたしは、もう一度《いちど》、福神堂《ふくじんどう》を目指《めざ》して歩《ある》きだす。さっきよりも、少《すこ》し早足《はやあし》で。

進《すす》んで、進《すす》んで、進《すす》んで……。

気《き》づくと、また、福神堂《ふくじんどう》があるはずの場所《ばしょ》を通《とお》りすぎてしまっていた。

「なに、これ？」

じめっとした風《かぜ》がふいた。なんだかイヤな感《かん》じがする。

傘《かさ》を持《も》った手《て》に、じっとりと汗《あせ》をかく。なのに、体《からだ》のどこかが冷《つめ》たい。

福神堂《ふくじんどう》には、なんども遊《あそ》びにいっている。いまさら、道《みち》をまちがえるわけがない。

不安《ふあん》に背中《せなか》をおされて、わたしは走《はし》りだした。息《いき》があがった。わきばらが痛《いた》くなる。

いつもとは、ちがう道《みち》を選《えら》んでみたりもした。いったりきたり。いったりきたり。

けれど、どんなに走《はし》っても、福神堂《ふくじんどう》にたどりつくことはなかった。

前《まえ》に、バクのエイタくんに夢《ゆめ》の世界《せかい》に連《つ》れていかれてしまったときのことが、頭《あたま》をよぎった。もしかしたら、ここは、夢《ゆめ》の世界《せかい》なのかもしれない。

いつから、どこからが夢《ゆめ》だったんだろう？

エイタくんが、わたしにいじわるするとは思《おも》えないから、べつのアヤカシにからかわれているのかも。

わたしは、ブレスレットを確認《かくにん》してみた。

助《たす》けてくれるかもしれないと思《おも》ったのだけど、反応《はんのう》はない。

どうしよう。わたし自身《じしん》は、なにかチカラがつかえるわけじゃないし……。

ぎゅっと傘《かさ》をにぎりしめて、深呼吸《しんこきゅう》をした。

まずは落《お》ちつこう。わたしひとりでダメなら、助《たす》けを求《もと》めればいい。

助《たす》けて、と言《い》うことは、はずかしいことじゃないんだ。

「レイジさん！　チィちゃん！　聞《き》こえますか？　レイジさん！　チィちゃん！」

わたしは、また、走《はし》りだした。

「モコさん！　エイタくん！　へんじして！　お願《ねが》い！」

前《まえ》にモコさんと歩《ある》いた道《みち》をたどり、エイタくんとはじめて出会《であ》った場所《ばしょ》にむかった。

でも、モコさんの声《こえ》も、エイタくんの声《こえ》も、聞《き》くことはできなかった。

ブレスレットの反応《はんのう》もないまま。

少《すこ》し考《かんが》えてから、学校《がっこう》にもどってみる。

どんよりしているせいか、放課後《ほうかご》のグラウンドで遊《あそ》んでいる子《こ》はいなかった。

まだ、おそい時間《じかん》じゃないから、昇降口《しょうこうぐち》のドアはあいている。

上《うわ》ばきにはきかえて、傘立《かさた》てに傘《かさ》を入《い》れた。音楽室《おんがくしつ》を目指《めざ》して、階段《かいだん》をのぼる。

「……ムジナくん？」

たどりついた音楽室《おんがくしつ》のドアは、カギがかかっていた。窓《まど》からなかをのぞいてみる。

明《あ》かりはついておらず、とうぜん、だれもいなかった。黒《くろ》いピアノがあって、つくえとイスがならんでいるばかり。

「東堂《とうどう》さん。」

そのとき、急《きゅう》に声《こえ》をかけられて、わたしは、とびあがりそうなほど、おどろいた。

「……永岡《ながおか》センパイ。」

わたしを呼《よ》んだのは、永岡宗也《ながおかそうや》センパイだった。

そのうしろには、センパイのお友《とも》だちらしい男子《だんし》がふたり立《た》っていた。

「音楽室《おんがくしつ》に、なにか用《よう》？」

センパイが、少《すこ》し頭《あたま》をかたむけると、さらさらの髪《かみ》がゆれた。

永岡《ながおか》センパイとは、のっぺらぼう事件《じけん》のときに知《し》りあった。

だから、永岡《ながおか》センパイなら、ムジナくんの居場所《いばしょ》を知《し》っているかもしれない。

「あの、センパイ、ムジナくんがどこにいるか、わかりますか？」

いきおいこんでたずねると、センパイは、びっくりした顔《かお》をした。

それから、うしろのふたりに「わるいけど、昇降口《しょうこうぐち》で待《ま》っててよ。」と、声《こえ》をかける。

ふたりは「なになに、彼女《かのじょ》？」と、からかい口調《くちょう》で言《い》い、センパイはひとりのおしりを軽《かる》くけった。「怒《おこ》るなよー。」と、けられた男子《だんし》は笑《わら》い、「はやくいって。」と、センパイは追《お》いはらうような仕草《しぐさ》をする。

なんだか、わたしの知《し》らない永岡《ながおか》センパイを見《み》てしまった。

センパイは「ごめんね。」と、やわらかな笑《え》みをうかべる。

「それで、ムジナくんのことだけど、ぼくは、霊感《れいかん》とかないから、よくわからないんだ。あのとき以来《いらい》、会《あ》っていないよ。レイジさんのところにもいけないしね。」

「そうですか……。」

「東堂《とうどう》さん、なにかあったの？」

わたしは、お腹《なか》が痛《いた》いわけでもなかったけど、両手《りょうて》でお腹《なか》をおさえた。

「いえ、あの……永岡《ながおか》センパイ、ヘンな感《かん》じしませんか？」

「ヘン？　どういうこと？」

「なんでもいいんです。いつもと、ちがって感《かん》じられることってありませんか？」

センパイは、細《ほそ》いあごにこぶしを当《あ》てて考《かんが》えてくれた。

「ごめん。とくには思《おも》い当《あ》たらないかな。どうかしたの？」

「……いえ、なんでもないんです。すみません……。」

一度《いちど》、顔《かお》をふせ、それからセンパイを見《み》あげる。

「センパイは、どうして音楽室《おんがくしつ》に？」

「お昼休《ひるやす》みに、楽譜《がくふ》をわすれていってしまったみたいなんだ。それをとりにきただけ。いま練習中《れんしゅうちゅう》の課題曲《かだいきょく》なんだよ。」

永岡《ながおか》センパイは、職員室《しょくいんしつ》から借《か》りてきたらしいカギをチャリンと鳴《な》らした。

「ねえ、東堂《とうどう》さん。顔色《かおいろ》があんまりよくないようだけど、本当《ほんとう》にだいじょうぶ？」

「なんでもないんです。ありがとうございます。」

「それならいいんだけど。雨《あめ》がふってきそうだから、はやく帰《かえ》ったほうがいいよ？」

永岡《ながおか》センパイが外《そと》に目《め》をむける。

わたしも、永岡《ながおか》センパイの視線《しせん》の先《さき》を追《お》いかけてみた。

空《そら》は、いまにも泣《な》きだしそうだった。

「あの、わたし、失礼《しつれい》します。」

「あ、うん。気《き》をつけてね。」

センパイに頭《あたま》をさげてから、わたしは、ろうかを走《はし》った。本当《ほんとう》は、校舎《こうしゃ》のなかを走《はし》っちゃいけないんだけど、ゆっくり歩《ある》いてなんていられなかった。

永岡《ながおか》センパイとしゃべったかぎり、この世界《せかい》は、夢《ゆめ》の世界《せかい》って感《かん》じじゃない。ぜったいではないけど、でも、そう思《おも》う。

だったら、なにが起《お》きているんだろう？


学校《がっこう》をあとにしたわたしは、市内《しない》の総合病院《そうごうびょういん》へ足《あし》をむけた。

先日《せんじつ》も病院《びょういん》で、死神《しにがみ》さんと会《あ》っている。

死神《しにがみ》さんなら、わたしの力《ちから》になってくれるかもしれない。

それに、死神《しにがみ》さんのところには、ミユキさんもいるかも。

ミユキさんに会《あ》いたい。どうせなら、わたしも、ミユキさんのメールアドレス、教《おし》えてもらっておけばよかった。そしたら、連絡《れんらく》できたのに。

走《はし》る、走《はし》る。ずんずん走《はし》る。足《あし》が重《おも》たくなった。

急《いそ》ぎすぎていて、信号《しんごう》のない横断歩道《おうだんほどう》で、左右《さゆう》を見《み》ずにとびだしてしまった。

車《くるま》のクラクションが鳴《な》らされて、体《からだ》がびくっとなった。
雨《あめ》がぽつぽつとふりはじめる。
そこで気《き》づいたのだけど、学校《がっこう》に傘《かさ》を置《お》きわすれてきてしまった。
「なにしてるんだろ、わたし……。」
じっとしていても、しかたがないから、とにかく、わたしは病院《びょういん》まで走《はし》りつづけた。
門《もん》をぬけて、正面《しょうめん》の自動《じどう》ドアから建物《たてもの》のなかに入《はい》る。
診察《しんさつ》を待《ま》つひとの姿《すがた》を横目《よこめ》に、わたしは、病院《びょういん》のなかをぐるぐる歩《ある》きまわった。
どこかで、死神《しにがみ》さんとミユキさんに会《あ》えることを願《ねが》いながら。
でも、どんなにさがしても、ふたりの姿《すがた》を見《み》つけることはできなかった。
どうしようもなくて、病院《びょういん》を出《で》た。とぼとぼ歩《ある》く。
あてはなかった。どこにいけば、みんなに会《あ》えるのかわからない。
雨《あめ》のいきおいは強《つよ》くなってきている。全身《ぜんしん》がぐっしょりとぬれてしまった。
「傘《かさ》、とりにもどらなくちゃ。」
葵野小学校《あおいのしょうがっこう》のほうにむかう。走《はし》っているあいだは、燃《も》えるように熱《あつ》かったけど、いまはとても寒《さむ》かった。腕《うで》をさすりながら、うつむいて歩《ある》いた。
走《はし》れば、寒《さむ》くなくなるかもしれないけど、足《あし》が痛《いた》くて、もう走《はし》りたくなかった。
靴《くつ》に雨水《あまみず》がしみてきて、気持《きも》ちわるい。歩《ある》くと、ぐっしょ、ぐっしょ、と音《おと》を立《た》てる。
水《みず》を吸《す》った服《ふく》が重《おも》たくなってきた。
昼間《ひるま》は、あんなに楽《たの》しかったのに、それがぜんぶ、ウソみたいだった。
絵理乃《えりの》ちゃんがおうえんしてくれて、紗奈《さな》ちゃんとも仲《なか》よくなれたのに。
なにもかもが、うまくいきそうな気《き》がしていたのに。
すべて、ひっくりかえってしまった。
ポケットに手《て》を入《い》れる。
折《お》りたたんでいた感想文《かんそうぶん》の紙《かみ》もぬれて、よれよれになっていた。
レイジさんとチィちゃんに、読《よ》もうと思《おも》っていたのに……。
そのときだった。ふと、レイジさんの顔《かお》と言葉《ことば》が思《おも》いうかんだ。
——そろそろ、□□□□なのでしょうかね。
きちんと聞《き》きとれなかった、レイジさんのつぶやき。そのときの、せつなげな笑顔《えがお》。

最近《さいきん》、レイジさんは、あの顔《かお》を、よく見《み》せていた。

わたしは、その意味《いみ》がわかってなかった。ちゃんと考《かんが》えてなかった。

でも、いま、とうとつに、ある可能性《かのうせい》を思《おも》いついてしまった。

そのとたん、わたしは足《あし》をひきずるみたいにして、また走《はし》りだしていた。

目《め》のあたりが、じわっとゆるんだ。くちびるがふるえる。

ここは、夢《ゆめ》の世界《せかい》でもなんでもない。おかしなことが起《お》きているわけでもない。

ただ、もしかしたら、わたしは、もう……。

「レイジさん！　チィちゃん！」

声《こえ》をあげたとたん、足《あし》がもつれて、ずしゃっ、とその場《ば》で転《ころ》んだ。

「ふぐっ。」

アスファルトについた手《て》が、泥《どろ》でよごれた。じんじんする。痛《いた》い。血《ち》がじわっとにじんでくる。心《こころ》のどこかやわらかいところが、ぐずぐずにくずれていくような感《かん》じがする。言《こと》葉《ば》にならない気持《きも》ちが、わたしをおそった。

さぁああああああ、と雨《あめ》の音《おと》が強《つよ》くなって、がまんしようとしても、うまくできなくて、うっ、うっ、うっ、と、おえつがこぼれる。

ぼろぼろと涙《なみだ》が出《で》てきて、ぬぐっても、ぬぐっても、おさまらない。

「ちょっ、ちょっと、東堂《とうどう》ひびき？　なにしてんの！」

それは、絵理乃《えりの》ちゃんの声《こえ》だった。顔《かお》をあげると、絵理乃《えりの》ちゃんが、あわててかけよってきて、わたしの頭《あたま》の上《うえ》に傘《かさ》をつきだした。

「びしょぬれじゃん！　転《ころ》んだの？　うわ、ケガしてるね。痛《いた》い？　立《た》てる？」

絵理乃《えりの》ちゃんは、傘《かさ》の柄《え》を肩《かた》にひっかけ、わたしの体《からだ》を支《ささ》えてくれた。

「すごい冷《つめ》たいじゃん！　ダメだよ、また、風邪《かぜ》ひいちゃうでしょ！」

「え、絵理乃《えりの》ちゃん、どうしよう……。」

「東堂《とうどう》ひびき？」

わたしは、絵理乃《えりの》ちゃんのあたたかい手《て》をにぎる。

――そろそろ、おわかれなのでしょうかね。

あのとき、レイジさんは、そう言《い》ったんじゃないだろうか。

「わたし、もう、福《ふく》の神《かみ》の弟子《でし》じゃなくなっちゃったかもしれない！」

○　いちばんの　○

アンティークな照明《しょうめい》が、秋山家《あきやまけ》のダイニングテーブルを照《て》らしている。

絵理乃《えりの》ちゃんが、大《おお》きなマグカップをわたしてくれた。

「はい、ミルク。熱《あつ》いから気《き》をつけて。」

「……ありがと。」

カップを両手《りょうて》でつつむようにして持《も》つと、じわりと熱《ねつ》が伝《つた》わってきた。

ホットミルクの表面《ひょうめん》から、湯気《ゆげ》がたちのぼる。

わたしの手《て》のひらとひざには、バンソーコーがはってあった。少《すこ》し、じんじんする。

絵理乃《えりの》ちゃんの家《いえ》のシャワーをつかわせてもらったので、もう寒《さむ》くない。

ぬれた服《ふく》は、乾燥機《かんそうき》に入《い》れて、ぐるぐるまわしているところだ。

いまは、絵理乃《えりの》ちゃんの服《ふく》を借《か》りている。

絵理乃《えりの》ちゃんは、わたしより背《せ》が高《たか》いんだけど、ぶかぶかってほどではなかった。

むかいのイスに、絵理乃《えりの》ちゃんがすわる。

わたしは、ミルクをふーふーしてから、カップのふちに口《くち》をつけた。

「……甘《あま》い。」

「弱《よわ》っているときは、甘《あま》くてあたたかいものがいいんだって。チョコいる？」

「ううん。平気《へいき》。」

もうひと口《くち》、ミルクを口《くち》にふくみ、こくんと飲《の》みこむ。

お腹《なか》のなかから、じんわりとあたたかくなる。

そしたら、また、目《め》のまわりが熱《あつ》くなった。

鼻《はな》のおくがつんとして、ひっ、と息《いき》を吸《す》いこむ。

涙《なみだ》がぽろぽろこぼれてきた。

あわてて、カップを置《お》いて、腕《うで》で顔《かお》をおおうみたいにかくす。

「ご、ごめ、絵理乃《えりの》、ちゃん。すぐ、泣《な》き、やむから。だいじょう、ぶ、だから。」

「いいよ、べつに。」

絵理乃《えりの》ちゃんの言《い》いかたは、とてもやさしかった。

「前《まえ》に、あたしが泣《な》いてたとき、東堂《とうどう》ひびきは、ずっとそばにいてくれたからね。こんどは、あたしがそうする番《ばん》。だから、泣《な》いてよし。いまは、だいじょうぶじゃなくていい。」

そんなふうに言《い》われてしまうと、もうダメだった。

「どう、しよう……わたし、福神堂《ふくじんどう》、いけなく、なっちゃった……。」

「そっか。」

「もう、みんな、に、会《あ》えない。」

「うん。」

「わ、たし、福《ふく》の神《かみ》の、弟子《でし》、じゃなくなっちゃった。」

「うん。」

「バチが、当《あ》たった、のかも。いろいろ、なことが、うまくいく、って思《おも》って、調子《ちょうし》にのった、から。」

「そんなわけないよ。」

「でも……。なら、なんで……。どうしよう、わたし、福《ふく》の神《かみ》の弟子《でし》、じゃ、ないと、なにも、できない、のに。」

「東堂《とうどう》ひびき。」

絵理乃《えりの》ちゃんが、わたしの名前《なまえ》を呼《よ》びながら、わたしの手《て》を強《つよ》くにぎってくれた。

「その言《い》いかたは、気《き》にいらないな。」

腕《うで》のすきまから絵理乃《えりの》ちゃんを見《み》る。

絵理乃《えりの》ちゃんは、まっすぐ、わたしを見《み》ていた。

「東堂《とうどう》ひびきと知《し》りあってから、いろいろあったよね。ストーカーに追《お》いかけられてるかもって思《おも》ったときはこわかったし、東堂《とうどう》ひびきが道《みち》ばたでたおれてたときは本気《ほんき》で心配《しんぱい》した。ミユキさんの恋《こい》のおうえんしたり、キツネの嫁入《よめい》りを見《み》たり、チィちゃんに出会《であ》えたり。たくさんドキドキした。」

わたしは、半分《はんぶん》、顔《かお》をかくしたまま、絵理乃《えりの》ちゃんの声《こえ》を聞《き》いている。

「でも、本当《ほんとう》は、ちょっと思《おも》ってた。なんで、福《ふく》の神《かみ》の弟子《でし》なのは、あたしじゃなかったんだろうって。東堂《とうどう》ひびき、うらやましいなって。」

冷蔵庫《れいぞうこ》から低《ひく》い音《おと》が聞《き》こえてきた。窓《まど》の外《そと》では、まだ雨《あめ》がふっている。

「その役目《やくめ》は、あたしでもいいじゃんって。だけど、福《ふく》の神《かみ》の弟子《でし》になることは、東堂《とうどう》ひびきに必要《ひつよう》なことだったんだね。そう思《おも》うよ。転校《てんこう》してきたころより、東堂《とうどう》ひびき、なんかいい感《かん》じ。ちゃんと、しあわせな感《かん》じがするよ。でさ、あたしは、友《とも》だちのしあわせを、よろこべないようなやつにはなりたくないんだ。東堂《とうどう》ひびきの親友《しんゆう》として、胸《むね》をはれるやつを目指《めざ》してる。」

絵理乃《えりの》ちゃんは、じっさいに、胸《むね》をそらせてみせた。

「東堂《とうどう》ひびきは、おもしろいし、あたしが思《おも》いつかないようなこと思《おも》いついて、すごいって思《おも》う。あたしにないものを持《も》ってる。だから、負《ま》けらんないとも思《おも》う。そういうのは、東堂《とうどう》ひびきが福《ふく》の神《かみ》の弟子《でし》かどうかとは関係《かんけい》ない。覚《おぼ》えといて。あたしは、東堂《とうどう》ひびきが福《ふく》の神《かみ》の弟子《でし》でも、そうじゃなくなっても、いつだって、東堂《とうどう》ひびきの味方《みかた》だよ。」

「……味方《みかた》。」

「そう。このあたしに、そこまで言《い》わせちゃう、じぶんに、ちゃんと気《き》づいてよ。なにもできない、なんて言《い》わないでよ、東堂《とうどう》ひびき。一生《いっしょう》のお願《ねが》い。」

絵理乃《えりの》ちゃんの言葉《ことば》は、重《おも》たいハンマーみたいだった。

わたしは、それで思《おも》いきり頭《あたま》をなぐられたような感《かん》じがした。

もちろん、ハンマーで頭《あたま》をなぐったら、命《いのち》にかかわるから、ぜったいにしちゃいけないんだけど、わたしは、命《いのち》にかかわるくらいの言葉《ことば》でなぐられていた。

だから、やっぱり泣《な》いてしまった。おんおん泣《な》いた。

絵理乃《えりの》ちゃんは、それ以上《いじょう》は、なにも言《い》わずに、涙《なみだ》と鼻水《はなみず》でくちゃくちゃのわたしのそばにいてくれた。

泣《な》きやんで、ほおとまぶたがぱりぱりになったころ、服《ふく》はかわいた。

「ママは、しごとがあるから、帰《かえ》り、おそくなると思《おも》う。家《いえ》に電話《でんわ》したほうがいいね。朱《あか》音《ね》さんに、車《くるま》でむかえにきてもらおうよ？」

「だいじょうぶ。傘《かさ》、貸《か》してくれない？　歩《ある》いて帰《かえ》れる。」

「ダメだっての。」

絵理乃《えりの》ちゃんは、わたしのかわりに、朱音《あかね》さんに電話《でんわ》を入《い》れてくれた。

五分《ふん》くらいで、朱音《あかね》さんは、絵理乃《えりの》ちゃんの家《いえ》まできた。

「だいじょうぶかよ、ひびき？　雨《あめ》にぬれて、ケガしたんだって？　傘《かさ》はどうした？」

「平気《へいき》です。絵理乃《えりの》ちゃんが、いろいろしてくれて。傘《かさ》は、学校《がっこう》にわすれちゃって……。」

「そうか。まあ、無事《ぶじ》みたいだからよかった。ありがとうな、絵理乃《えりの》ちゃん。えっと、お母《かあ》さんは、おしごと？」

「はい。」と、絵理乃《えりの》ちゃんは、うなずく。

「そっか。こんど、あらためて、ごあいさつにうかがうから。」

「いえ、気《き》にしないでください。」

朱音《あかね》さんとやりとりする絵理乃《えりの》ちゃんが、すごくおとなに見《み》えた。

「またね、東堂《とうどう》ひびき。」

「うん。ありがと、絵理乃《えりの》ちゃん。」

見送《みおく》ってくれた絵理乃《えりの》ちゃんに、わたしは、手《て》をふり、車《くるま》の助手席《じょしゅせき》にすわった。

「いい友《とも》だちだな。」

運転席《うんてんせき》でシートベルトをしめた朱音《あかね》さんが言《い》った。

かわいて、軽《かる》くなって、でも、少《すこ》しごわごわする服《ふく》をなでながら答《こた》える。

「絵理乃《えりの》ちゃんは、友《とも》だちより、もっと、友《とも》だちなんです。」

○ つながり ○

夕飯《ゆうはん》は、朱音《あかね》さんの手打《てう》ちうどんだった。

しゃっきりと水《みず》でしめたうどんを、具《ぐ》だくさんの熱々《あつあつ》なつゆにつけて、ちゅるちゅると食《た》べる。朱音《あかね》さんは、ずぞぞっと、いきおいよくすすった。

お腹《なか》がいっぱいになると、心《こころ》も満《み》たされて、おだやかな気持《きも》ちになった。

そのあと、じぶんの部屋《へや》にもどった。

そしたら、外《そと》から雨《あめ》の音《おと》がしないことに気《き》づいた。

窓《まど》をあけてみると、雲《くも》が流《なが》れて、濃《こ》い紺色《こんいろ》の夜空《よぞら》に星《ほし》がうかんでいた。

みんなも、わたしと同《おな》じように、この星空《ほしぞら》を見《み》ていたりするんだろうか？

そんなことが頭《あたま》をよぎった。

いまごろ、レイジさんやチィちゃんは、どうしているんだろう？

はじめて、福神堂《ふくじんどう》をおとずれたのは、朱音《あかね》さんのおうちにひっこしてきた日《ひ》だった。

新《あたら》しい町《まち》を歩《ある》いていたら、カレーのおいしそうな香《かお》りがして、福神堂《ふくじんどう》を見《み》つけた。

ひとみしりのチィちゃんは、最初《さいしょ》は、わたしから逃《に》げたんだった。

レイジさんは、カレーをつくりながら眠《ねむ》っていて……。

あれには、びっくりしたな。

そして、レイジさんが勝手《かって》に、わたしを福《ふく》の神《かみ》の弟子《でし》にして、ブレスレットを——。

「あ！」

左《ひだり》の手首《てくび》につけたままだったブレスレット。幸運《こううん》のお守《まも》り。

昼間《ひるま》になんどか確認《かくにん》したけど、それきりわすれていた。

本当《ほんとう》なら、すぐに気《き》づくべきだったのに。

思《おも》いだせないくらいに、わたしは、動揺《どうよう》していたってことだ。

絵理乃《えりの》ちゃんのおうちで、シャワーを借《か》りたときも、ぼーっとしてしまって、意識《いしき》の外《そと》へ追《お》いだしたままだった。

長袖《ながそで》をめくりあげると、手首《てくび》には、まだ、ちゃんとブレスレットがあった。

これは、福《ふく》の神《かみ》さま特製《とくせい》のブレスレットで、霊感《れいかん》のないひとには見《み》えないのだ。

それが見《み》えている。

だったら、まだ、福《ふく》の神《かみ》の弟子《でし》でなくなったわけじゃない。そのはず。

レイジさんたちとのつながりが完全《かんぜん》に切《き》れたわけじゃない。と思《おも》う。

なんとかして、レイジさんに連絡《れんらく》がとれないかな。

わたしは、ブレスレットを額《ひたい》に、ぎゅっとおしつける。

考《かんが》える。考《かんが》える。考《かんが》える。ぎゅるぎゅると頭《あたま》を働《はたら》かせる。

そして、ひらめいた。

前《まえ》に、バクのエイタくんに、夢《ゆめ》の世界《せかい》に連《つ》れていかれてしまったとき、レイジさんが本《ほん》のなかの文字《もじ》を入《い》れ替《か》えて、メッセージをくれた。

同《おな》じことができないかな。

わたしは、棚《たな》にしまっていた『ポピーとディンガン』をひっぱりだす。

すると、本《ほん》のなかから、白《しろ》い封筒《ふうとう》が、一枚《まい》、落《お》っこちた。

本《ほん》のあいだに、はさんであったみたいだ。

ひろいあげる。封筒《ふうとう》には、「ひびきさんへ」と書《か》かれていた。

「……なにこれ？」

ひらいて、なかから便《びん》せんをとりだす。

『こんにちは、ひびきさん。それとも、こんばんは、でしょうか。』

そんなふうに文章《ぶんしょう》は、はじまっていた。

『このように、手紙《てがみ》で伝《つた》えることになってしまい、もうしわけなく思《おも》っています。いま、ひびきさんは、福神堂《ふくじんどう》にたどりつけなくなっていることでしょう。もしかしたら、それを不安《ふあん》に思《おも》っているかもしれません。けれど、まずは、どうぞご安心《あんしん》を。おかしなことが起《お》こっているわけではありません。むしろ、これで、ふつうなのです。』

「これ、レイジさんの手紙《てがみ》……。」

『以前《いぜん》、ひびきさんには、お話《はな》ししましたね。ぼくのしごとは、傷《きず》ついた心《こころ》の持《も》ち主《ぬし》に手《て》をさしのべることなのだ、と。あれから、半年《はんとし》ほどがすぎました。長《なが》いようで短《みじか》く、短《みじか》いようで長《なが》い時間《じかん》でした。ぼくが思《おも》うに、ひびきさんは、もう、ひとりでもだいじょうぶです。いえ、ひとりではないですね。友《とも》だちや家族《かぞく》のたいせつさに気《き》づけたのですから。』

わたしは、手紙《てがみ》を読《よ》み進《すす》めた。

『ひとには、見《み》たくないものを見《み》ないようにする機能《きのう》があります。それが心《こころ》を守《まも》ってくれることもあります。だから、なくてもよい機能《きのう》だとは思《おも》いません。でも、いまのひびきさんは、見《み》たくないものにも、少《すこ》しずつ対処《たいしょ》ができるようになりましたね。なにも感《かん》じないように、考《かんが》えないようにしていた、これまでのひびきさんとはちがいます。どうか、いっぱい笑《わら》い、ときには泣《な》いてください。そういう気持《きも》ちを手《て》ばなさないように。』

「……レイジさん。」

『福《ふく》の神《かみ》のしごとは、自転車《じてんしゃ》の補助輪《ほじょりん》のようなものです。ひとりでこげるようになったのなら、はずしたほうがいいのです。ひびきさんには、もう必要《ひつよう》ありませんね。補助輪《ほじょりん》をはずしましょう。前置《まえお》きが長《なが》くなってしまいました。この瞬間《しゅんかん》をもって、ひびきさんは、福《ふく》の神《かみ》の弟子《でし》を卒業《そつぎょう》したとみとめます。おめでとうございます。そして、楽《たの》しい時間《じかん》をありがとうございました。これから、ひびきさんの前《まえ》には、いくつもの困難《こんなん》が待《ま》ち受《う》けていることでしょう。いいことと同《おな》じだけ、つらいこともあるにちがいありません。けれど、ひびきさんなら、りっぱに前進《ぜんしん》していってくれると信《しん》じています。』

便《びん》せんを持《も》つ手《て》がふるえた。

わたしは、レイジさんやチィちゃんと、ずっといっしょだと思《おも》ってた。なのに……。

『もしも、どうしても悲《かな》しいときには、おいしい福神《ふくじん》づけとカレーを思《おも》いだしてください。ぼくもチィちゃんも、いつでも、いつまでも、年中無休《ねんじゅうむきゅう》で、ひびきさんを見守《みまも》っていますよ。どうぞ、お元気《げんき》で。——福神堂店主《ふくじんどうてんしゅ》　福神礼司《ふくじんれいじ》』

文末《ぶんまつ》に「P《ピー》・S《エス》・」と書《か》いてあった。

『ブレスレットは、見《み》えなくなるかもしれません。でも、消《き》えてなくなるのではありません。ひびきさんに幸運《こううん》をもたらしてくれるはずです。』

封筒《ふうとう》のなかには、便《びん》せんのほかに、絵《え》も入《はい》っていた。

チィちゃんがかいてくれた、みんなの絵《え》だった。

『ひびき、だいすき。ばいばい。』

そう書《か》いてあった。

ぽろぽろ、と涙《なみだ》がこぼれる。

せっかくの絵《え》がにじんでしまうと、わたしはあわてた。

でも、涙《なみだ》が絵《え》に落《お》ちることはなかった。

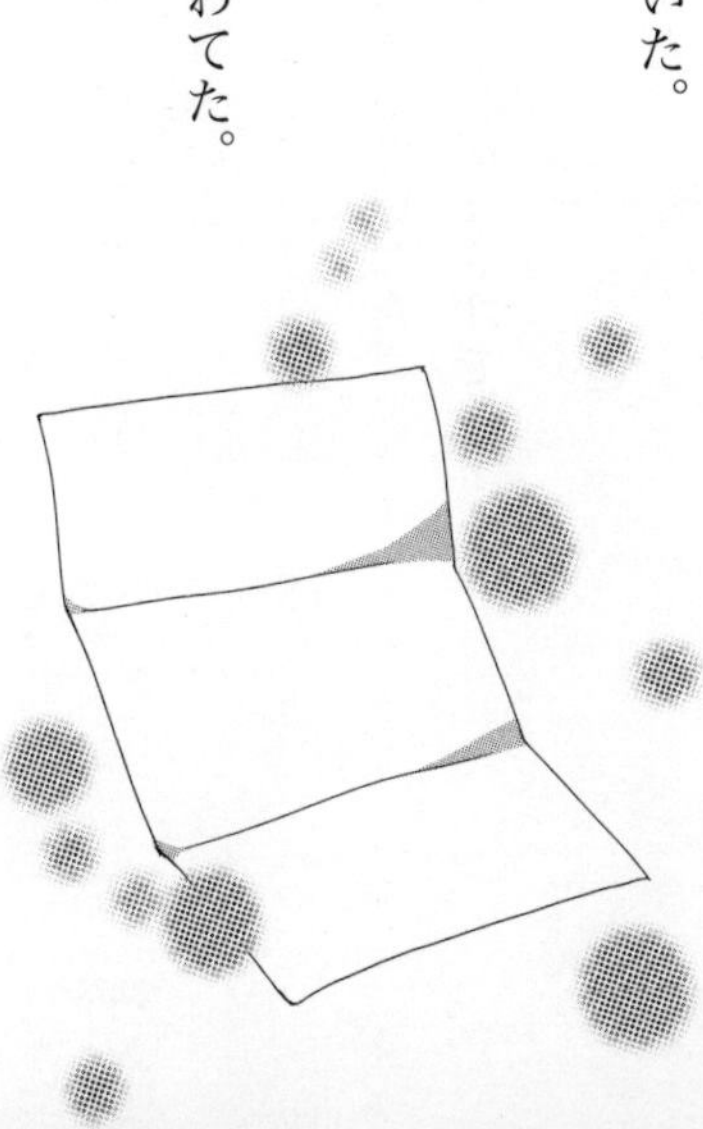

涙《なみだ》は、紙《かみ》を通《とお》りぬけて、床《ゆか》に落《お》ちた。
チィちゃんの絵《え》が、ゆっくりと消《き》えていく。
「あ……。」
絵《え》だけじゃない。レイジさんの手紙《てがみ》も、少《すこ》しずつすけていった。
ブレスレットに目《め》をやると、それも、ちょっとずつ形《かたち》がぼやけていた。
石《いし》のまるみが輪郭《りんかく》をうしなっていく。
わたしは、顔《かお》をごしごしふいて、つばを飲《の》みこんだ。
泣《な》いてる場合《ばあい》じゃない。泣《な》いてたら、レイジさんに心配《しんぱい》かけちゃう。
レイジさんは、わたしなら、りっぱに前進《ぜんしん》してくれる、って書《か》いてくれたんだから。
「……わたしは、だいじょうぶ。」
じぶんに言《い》い聞《き》かせるように、言《い》ってみた。
受《う》けいれなくちゃ。
きっと、レイジさんは、また、福神堂《ふくじんどう》に迷《まよ》いこんでくる子《こ》を助《たす》けるんだろう。
チィちゃんは、最初《さいしょ》は、びくびくするだろうけど、たぶん、その子《こ》をやさしく癒《い》やしてくれるにちがいない。

わたしは、ふたりから、いっぱいしあわせをもらった。

だから、福《ふく》の神《かみ》の弟子《でし》でなくなっても、もう平気《へいき》なのだ。

絵理乃《えりの》ちゃんや、紗奈《さな》ちゃんという、心強《こころづよ》い友《とも》だちもいる。朱音《あかね》さんだっている。

わたしは、ひとりじゃない。

モコさんや、ミユキさん、死神《しにがみ》さんとは、どこかで会《あ》えるかもしれないし。

「ぜんぜん、よゆー。」

これからも、わたしは、元気《げんき》いっぱいにやっていける。心《こころ》からそう思《おも》う。

なのに、涙《なみだ》がとまらなくて、こまる。

手紙《てがみ》も絵《え》も、もう消《き》えてしまっていた。ブレスレットも、半分以上《はんぶんいじょう》すけている。ふれたら、氷《こおり》みたいにとけてなくなってしまいそう。

「わたしは……わたしは……。」

ぐっと、奥歯《おくば》をくいしばる。

それから、部屋《へや》をとびだし、階段《かいだん》をどたどたとかけおりた。

「おう、ひびき？　どうした、そんなにあわてて。」

朱音《あかね》さんがリビングから顔《かお》をのぞかせる。

「すみません、朱音《あかね》さん。ちょっと出《で》てきます。」

玄関《げんかん》で、ぬれてない靴《くつ》に足《あし》をつっこむ。

「ダメだって。もう暗《くら》いから、おとなしくしとけ。」

「ごめんなさい。大事《だいじ》なことなんです。すぐもどります！」

「あ！　おい！　待《ま》て！」

わたしは、朱音《あかね》さんの声《こえ》を背中《せなか》で聞《き》きながら、家《いえ》をとびだした。

風《かぜ》が少《すこ》し冷《つめ》たい。

ぱたぱた、とわたしの足音《あしおと》が夜《よる》の家々《いえいえ》のあいだにひびく。

街灯《がいとう》の白《しろ》い光《ひかり》を頼《たよ》りに、左《ひだり》の手首《てくび》を確認《かくにん》する。

まだ、かろうじてブレスレットがそこにあるってわかる。

昼間《ひるま》、どんなにさがしても、福神堂《ふくじんどう》の場所《ばしょ》はわからなかった。

なんども通《とお》りすぎてしまった。

このあたりのはずなのに。まちがえるはずないのに。見《み》すごすはずないのに。

わたしは、左手《ひだりて》を前《まえ》につきだす。お願《ねが》い、と祈《いの》る。

「福神堂《ふくじんどう》に連《つ》れていって!」

瞬間《しゅんかん》、ブレスレットがかすかに光《ひか》った。

でも、それはとても弱々《よわよわ》しくて、わたしをみちびいてはくれない。

また、涙《なみだ》があふれてくる。ぐい、とこすった。

絵理乃《えりの》ちゃんは、福《ふく》の神《かみ》の弟子《でし》でなくても、わたしの味方《みかた》だって言《い》ってくれた。

その言葉《ことば》は、わたしの力《ちから》になっている。背中《せなか》をおしてくれる。

たぶん、絵理乃《えりの》ちゃんが言《い》ってくれるほど、わたしは、すごくない。

わたしは、絵理乃《えりの》ちゃんのほうがすごい気《き》がしている。

でも、だからこそ、絵理乃《えりの》ちゃんの友《とも》だちとして、胸《むね》をはれるようになりたいと、わたしも思《おも》った。

そうだ。わたしは、福《ふく》の神《かみ》の弟子《でし》じゃなくなったからって、なにもできなくない。

「おわかれなら、手紙《てがみ》なんかじゃなくて、ちゃんと顔《かお》を見《み》て言《い》ってください。」

わたしは、夜《よる》にむかって、ふんばりながら声《こえ》をあげた。

「こんなの、ひきょうだと思《おも》います。なにも言《い》わずに、勝手《かって》に決《き》めちゃうなんて。わたしに、おわかれしたくないって、言《い》わせてくれないなんて。レイジさんとも、チィちゃんとも、はなればなれになりたくないって、言《い》わせてくれたっていいじゃないですか。わがまま言《い》わせてくださいよ。」

言葉《ことば》をしぼりだす。言《い》わなきゃ後悔《こうかい》する。したくないもの。

「前《まえ》のわたしなら、わがままなんて言《い》わなかったです。しょうがないって思《おも》って、がまんしました。でも、もう、前《まえ》のわたしじゃないんで！　前《まえ》のわたしじゃなくしちゃったのは、レイジさんですし？　だから、わがまま言《い》いますよ！　わ、たし、は——。」

声《こえ》がふるえてしまった。鼻《はな》のおくが痛《いた》い。

目《め》がしょぼしょぼしてくる。まばたきをすると、涙《なみだ》が落《お》ちた。底《そこ》が欠《か》けちゃったカップから中身《なかみ》がこぼれるみたいに、どんどんあふれてくる。

「レイジ、さんも、チィ、ちゃんも、大好《だいす》き、だから……まだ、はなれ、たく、ないです。いつじょに、いだい、でず……。もういぢど、会《あ》い、だい、です……。」

ひやりとする風《かぜ》がふいて、わたしのほおをそっとなでた。

どこか遠《とお》くでイヌがほえている。

ひとりぽっちのわたしは、心細《こころぼそ》くて、涙《なみだ》をとめられなくて、立《た》っていることしかできなくて、顔《かお》を両手《りょうて》でおおった。ダメだ。わたしは、弱々《よわよわ》だ。

「おね、がい、で、す……もう、いちど……。」

そのとき。

「ひー　びー　きーっ！」

いきなり、声《こえ》が聞《き》こえて、体《からだ》がふらついた。

顔《かお》から手《て》をどかすと、まっ白《しろ》な天使《てんし》がそこにいた。

「……チィ、ちゃん……？」

「うん、なの！」

チィちゃんが、よじよじ、とわたしの体《からだ》をのぼってくる。

「チィちゃん！」

わたしは、ぎゅっとチィちゃんの小《ちい》さくてあたたかな体《からだ》をだきしめていた。

「ひびき、もう泣《な》かないでなの。ひびきが泣《な》いてると、チィも泣《な》きたくなっちゃうの。」

チィちゃんが、ちっちゃな手《て》で、わたしの頭《あたま》をいい子《こ》いい子《こ》してくれる。

「これ、夢《ゆめ》じゃ……。」

「夢《ゆめ》ではありませんよ。」

もうひとつ声《こえ》がした。そちらを見《み》る。

いつのまにか、どんなにさがしてもたどりつけなかった福神堂《ふくじんどう》が、目《め》の前《まえ》にあった。

ガラス戸《ど》の左右《さゆう》にあるランプが光《ひか》って、色《いろ》ガラスを暗闇《くらやみ》のなかでかがやかせていた。

レイジさんは、ランプの明《あ》かりのなかに立《た》っている。

寝《ね》ぐせっぽい、くしゃっとした髪形《かみがた》。鼻《はな》が高《たか》く、くちびるがうすくて、あごがとがっている。黒《くろ》いズボンに、シンプルな白《しろ》いシャツ。

いつものレイジさんだ。

笑《わら》いながら、こまったような顔《かお》をしている。

「あんまり、暗《くら》くなってから、ひとりで出歩《であ》いてはいけませんよ。」

レイジさんは、わたしの前《まえ》まできて、しゃがんだ。

「あの、レイジさん、わたし……。」

「聞《き》こえていました。」

大《おお》きな手《て》が、わたしの頭《あたま》にのせられる。

「弱《よわ》りましたよ。子《こ》どもを泣《な》かせては、福《ふく》の神失格《かみしっかく》ですから。」

あたたかな手《て》の感触《かんしょく》に、また、わたしは泣《な》きそうになる。

「手紙《てがみ》、読《よ》みました。」

「ええ。」

「レイジさんの役目《やくめ》は、自転車《じてんしゃ》の補助輪《ほじょりん》みたいなものって書《か》いてありました。」

「そういうものなのです。自転車《じてんしゃ》にのれる子《こ》のうしろについていても、ジャマになるだけで、役《やく》に立《た》ちません。」

わたしは、チィちゃんをそっと、地面《じめん》におろした。

そして、レイジさんをまっすぐに見《み》る。

「自転車《じてんしゃ》ならそうだと思《おも》います。だけど、それは、自転車《じてんしゃ》でたとえるからです。わたしにとって、レイジさんもチィちゃんも、自転車《じてんしゃ》の補助輪《ほじょりん》じゃありません。たいせつな友《とも》だちです。役《やく》に立《た》たないとか、ジャマとか、そんなことありえません。」

「福《ふく》の神《かみ》のチカラは、とくべつなものです。」

レイジさんは言《い》った。

「ひびきさんが、そのチカラに頼《たよ》りきりになってしまってはいけないんです。ひびきさんのためになりません。福神堂《ふくじんどう》は、心《こころ》の避難場所《ひなんばしょ》です。けれど、避難《ひなん》は一時的《いちじてき》なものであって、ずっと、そうして生《い》きていけるわけではありません。だから、ひびきさんが、自力《じりき》で前《まえ》に進《すす》めるようになったいま――。」

「み、見《み》そこなわないでください！」

わたしは、レイジさんの言葉《ことば》をさえぎる。

「わたし、大事《だいじ》な場所《ばしょ》、いっぱいあります。好《す》きなひと、いっぱいいます。福神堂《ふくじんどう》に逃《に》げてるわけじゃないです。好《す》きななかから、選《えら》んでるんです。避難《ひなん》じゃないです！　レイジさんに、わたしの気持《きも》ち、勝手《かって》に決《き》めてほしくないです！　わたしの気持《きも》ちは、わたしのものだから！」

大声《おおごえ》を出《だ》したわたしに、レイジさんは、ぱちぱち、とまばたきをする。

「わたし、まだ福《ふく》の神《かみ》の弟子《でし》、つづけますからね！」

チィちゃんが、わたしのそばで、ほおをぷんぷくにしながら、レイジさんを見《み》あげた。

「ひびきにいじわるしたら、チィがゆるさないのっ。」

ちょっとの沈黙《ちんもく》のあと、とつぜん、レイジさんが笑《わら》いだした。

「……レイジさん？」

「いやはや、ひびきさんは、ぼくが思《おも》っていたよりも、ずっと、前進《ぜんしん》していたんですね。」

それから、いつものふにゃふにゃした笑顔《えがお》をつくる。

「心《こころ》を読《よ》めないというのは、不便《ふべん》なものです。」

レイジさんは、福《ふく》の神《かみ》のチカラで、ひとの心《こころ》を読《よ》むことができる。

でも、わたしがやめてほしいと伝《つた》えてから、勝手《かって》に盗《ぬす》み読《よ》んだりしなくなっていた。

「だから、言葉《ことば》で伝《つた》えあうんじゃないんですか？」

レイジさんは、「ええ、そのとおりですね。」と、うなずき、頭《あたま》をさげる。

「今回《こんかい》は、ひびきさんに学《まな》ばされてしまいました。ありがとうございます。」

福神堂《ふくじんどう》からの帰《かえ》り道《みち》で、ばったり出《で》くわした朱音《あかね》さんに、わたしは、たっぷりしかられた。急《きゅう》にとびだしていってしまったからだ。朱音《あかね》さんは、あわてて、サンダルをひっかけて、あちこちさがしまわってくれていたみたい。

「ごめんなさい。」と、わたしは心《こころ》からあやまった。

「ひびきがなんともなかったから、まあ、いいけどな。あたしが中学《ちゅうがく》のころは、もっと、すんごいことしてたし、ひとをしかれるほど、えらくもないし。」

「どんな、すごいことしてたんですか？」

「お、気《き》になるか？」

朱音《あかね》さんは、キレイな顔《かお》に、イタズラっ子《こ》の表情《ひょうじょう》をうかべた。

「家《いえ》に帰《かえ》ったら、武勇伝《ぶゆうでん》の数々《かずかず》を聞《き》かせてやろう。でも、マネしちゃ、ダメだからな。」

その日《ひ》は、いつもより、おそい時間《じかん》まで起《お》きていた。

どこまで本当《ほんとう》で、どこからがつくり話《ばなし》なのかわからないような、いろんな話《はなし》を聞《き》かせてもらった。ハラハラ、ドキドキして、そして、いっぱい笑《わら》った。

ベッドに横《よこ》になると、わたしは、あっというまに、眠《ねむ》りに落《お》ちた。

○ 福《ふく》の神《かみ》の弟子《でし》、つづけます ○

福神堂《ふくじんどう》には、たくさんの本《ほん》がある。古本屋《ふるほんや》さんだから当《あ》たり前《まえ》なんだけど。

それらの本《ほん》は、きちんと分類《ぶんるい》されずに、あちこち、てきとうにしまわれていた。

床《ゆか》にも本《ほん》がつみかさなっている。

そうしてできた本《ほん》の塔《とう》と塔《とう》のあいだには、ほこりがつもっている。

福《ふく》の神《かみ》さまのチカラでキレイにできてしまいそうなのに、そうでもないみたい。

前《まえ》から気《き》になっていたんだ。ミユキさんのヘアピンがすぐ見《み》つからなかったのだって、ちゃんと整頓《せいとん》していなかったからだと思《おも》う。

「今日《きょう》は、これから大掃除《おおそうじ》をします。」

家庭科《かていか》でぬったエプロンをつけて、わたしは宣言《せんげん》した。

「します、なの。」

チィちゃんも、小《ちい》さなかっぽう着姿《ぎすがた》で、わたしのとなりに立《た》つ。

レイジさんは、「では、ぼくは、おうえん係《がかり》ということで。」と、逃《に》げだそうとしていたけど、無理《むり》やり、エプロンを着《き》せた。

「サボリは、ゆるしません。」

「いえ、サボリではありません。いままで、だまっていましたが、ぼくが福《ふく》の神《かみ》のチカラをつかうには、たくさん睡眠《すいみん》をとる必要《ひつよう》があるのです。というわけで、大掃除《おおそうじ》は、おふたりにおまかせするということで。」

「ウソはダメです。」

ばばーん、とわたし。

「ダメなの。」

どどーん、とチィちゃん。

「なんだか、ひびきさんが、どんどん、きびしくなっていきます……。」

「当《あ》たり前《まえ》です。わたしは、前《まえ》に進《すす》んでいますからね。ほら、レイジさんは、背《せ》が高《たか》いんですから、窓《まど》ふきをしてください。あと、棚《たな》の上《うえ》をふいてください。」

「……はあ。」

「チィちゃんは、つんである本《ほん》のすきまにたまっているほこりを集《あつ》めてね。」

「おまかせなの。」

チィちゃんは、しゅぴっと敬礼《けいれい》みたいなポーズをした。

「わたしは、棚《たな》の整理《せいり》をします。それでは、はじめ。」

レイジさんは、ぞうきんで窓《まど》をふきふきしながら、たまに寝《ね》ていた。

見《み》つけるたびに、わたしとチィちゃんで起《お》こした。

「起《お》きてください！」

「起《お》きてなの！」

ぞうきんを洗《あら》うために、バケツに水《みず》をためていたんだけど、中身《なかみ》はすぐにまっ黒《くろ》になってしまった。なんども水《みず》をかえた。

福神堂《ふくじんどう》は、けっこう大《おお》きいから、一回《かい》では、キレイにできないだろうな、と予想《よそう》していたけど、まさか、これほどとは……。学校《がっこう》の大掃除《おおそうじ》よりもたいへんだ。

棚《たな》から本《ほん》をぬくと、おくのほうから、もっふぁ、とほこりが舞《ま》った。

そういうことを、くりかえしていたら。

「うわっ！」

ふわふわの毛玉《けだま》が、わたしの顔《かお》めがけてとんできた。

最初《さいしょ》は、ほこりのかたまりだと思《おも》ったのだけど、なんかちがう。ピンポン玉《だま》より、ちょっと大《おお》きいくらいのサイズの白《しろ》い綿《わた》が、もわっふ、もわっふ、とわたしのまわりをとんでいる。しかも、ひとつじゃない。いっぱいだ。

「おや、ケセランパサランですね。めずらしい。」

レイジさんが、わたしのそばにきて、ひとつをふわりとつかまえた。

「……ケセランパサラン、ってなんですか？」

「アヤカシの仲間《なかま》です。江戸時代《えどじだい》には、穴《あな》のあいた桐《きり》の箱《はこ》に入《い》れて、飼育《しいく》しているひともいたそうですよ。穴《あな》がないと、窒息《ちっそく》して死《し》んでしまうんです。」

「ア、アヤカシを飼《か》っていたんですか？」

「ケセランパサランは、わるさはしません。持《も》ち主《ぬし》をしあわせにしてくれるんですよ。おしろいを与《あた》えると、吸収《きゅうしゅう》して、ふかふかになります。おしろいというのは、お化粧品《けしょうひん》の種類《しゅるい》ですね。ファンデーションのようなものでしょうか。」

わたしも、ひとつをそっと手《て》のひらにのせてみた。

ふわっ、ふわっ、と毛玉《けだま》がゆれる。

チィちゃんは、ぱちん、と両手《りょうて》でつぶすようにして、つかまえようとしていた。

ケセランパサランは、チィちゃんから逃《に》げて、お店《みせ》の天井《てんじょう》のほうに移動《いどう》していく。

ふわっ、ふわっ。ふわっ、ふわっ。

「いやー、いいものを見《み》ましたね。ケセランパサランは幸運《こううん》のしるし。」

レイジさんは、ありがたやー、ありがたやー、と手《て》をこすりあわせる。

「よし。ケセランパサランをおがめたことですし、大掃除《おおそうじ》はこのへんにしますか。」

「いえ、まだまだですからね、レイジさん。ごまかされませんから。」

「ごまかされないの！」

「ええー。」

レイジさんは、へなへなと棚《たな》によりかかった。

「ほら、つづけますよ。」

わたしは、ぱんぱん、と手《て》をうち鳴《な》らす。

すると、そのときだ。

ガラス戸《ど》があいて、チリン、チリン、と軽《かろ》やかな鈴《すず》の音《おと》がひびいた。

そちらに顔《かお》をむける。

「あ、いらっしゃいませ。」

ふにゃふにゃのレイジさんにかわって、わたしは言《い》った。

チィちゃんが、わたしの背中《せなか》にぴゅっとかくれる。

ここは、ふつうのひとはこられない、ふしぎな古本屋《ふるほんや》さん。

だから、お客《きゃく》さんもふつうのひとではない。

「あの、こちら、福《ふく》の神《かみ》さまがいらっしゃる古書店《こしょてん》だと聞《き》いて、やってまいりました。その、アヤカシの相談《そうだん》にものっていただけるとか……。」

「はい。ご相談《そうだん》、なんでも、お受《う》けします。」

少《すこ》し考《かんが》えて、つづけた。にっこり、笑顔《えがお》もそえて。

「ようこそ、福神堂《ふくじんどう》へ。」


（『ふしぎ古書店《こしょてん》④』につづく）

福神堂《ふくじんどう》の本棚《ほんだな》

ひびき　えりの　さてさて、今回《こんかい》、紹介《しょうかい》するのは『ワンダー』だよ！

日本《にっぽん》では、二〇一五年《ねん》に、ほるぷ出版《しゅっぱん》という出版社《しゅっぱんしゃ》から発売《はつばい》されたんだ。作者《さくしゃ》は、R《アール》・J《ジェー》・パラシオさん。翻訳《ほんやく》は、中井《なかい》はるのさん。

えりの　なんと、この作品《さくひん》、二〇一六年《ねん》の青少年読書感想文全国《せいしょうねんどくしょかんそうぶんぜんこく》コンクールで課題図書《かだいとしょ》になったんだ。というわけで、『ふしぎ古書店《こしょてん》③』の本編《ほんぺん》とは、ちょっと、ずれちゃったの。びっくりだね。

ひびき　おすすめしたいのは、わたしたちだけじゃないってことだよ。読《よ》んでいると、心《こころ》がざわざわしてくるんだ。こういう気持《きも》ちになるのも、読書《どくしょ》の醍醐味《だいごみ》だと思《おも》う。

えりの　うんうん。主人公《しゅじんこう》のオギーは、生《う》まれつきの病気《びょうき》で、顔《かお》が「ふつう」ではないの。そのせいで、いじわるをされることもある。でも、オギーを「かわいそうな子《こ》」として書《か》いていないところがいいよね。オギーは、ジョークがおもしろい男《おとこ》の子《こ》で、ときどき、わがままを言《い》ったりもしちゃう。それって、すごく

「ふつう」だと思《おも》う。オギーを「ふつう」じゃなくしちゃっているのは、むしろ、まわりのひとたちなのかもしれないね。これって、わたしたちの日常生活《にちじょうせいかつ》でも、そうなのかも。だれかを「こういうひと」って決《き》めつけちゃうのは、せまい考《かんが》えかただって思《おも》う。ひとには、いろんな面《めん》があるんだから。

東堂《とうどう》ひびきが感想文《かんそうぶん》を発表《はっぴょう》するときに説明《せつめい》していたけど、このお話《はなし》は群像劇《ぐんぞうげき》というスタイルで書《か》かれているんだよ。オギーの友《とも》だちやお姉《ねえ》ちゃん、お姉《ねえ》ちゃんの元親友《もとしんゆう》や彼氏《かれし》が語《かた》り手《て》になるパートもあるの。それぞれが、いろんなふうに考《かんが》え、悩《なや》みながら、生《い》きているんだ。

みんなを「ただのいいひと」として登場《とうじょう》させていないところも、この本《ほん》の正直《しょうじき》なところだと思《おも》うな。わたしは、サマーっていう女《おんな》の子《こ》が絵理乃《えりの》ちゃんみたいで好《す》きだったよ。

そ、そうかな。あたしは、あんなにかっこよくないけど。

ひびき　どんな子《こ》なのかは、ぜひ読《よ》んでたしかめてね。それから、もうひとつ、『ワンダー』で印象的《いんしょうてき》なのが、国語《こくご》の先生《せんせい》の「格言《かくげん》コーナー」だよね。

えりの　お話《はなし》のなかでは、格言《かくげん》を『ほんとうに大事《だいじ》なことを決断《けつだん》するとき、答《こた》えを導《みちび》く助《たす》けになってくれる言葉《ことば》』って、説明《せつめい》しているよ。このコーナーを知《し》って、オギーは学校《がっこう》が楽《たの》しみになるんだ。

ひびき　ステキな言葉《ことば》がいっぱい紹介《しょうかい》されているの。わたしが好《す》きなのは、これ。『正《ただ》しいことをするか、親切《しんせつ》なことをするか、どちらかを選《えら》ぶときには、親切《しんせつ》を選《えら》べ。――ウェイン・W《ダブリュー》・ダイアー』正《ただ》しいことは、もちろん、たいせつだけど、それにこだわりすぎて、だれかにがまんをさせたり、悲《かな》しい思《おも》いをさせちゃうなら、意味《いみ》がないよね。だったら、ちょっとくらい正《ただ》しくなくても、みんなで笑《わら》えるってことが、いちばんだと思《おも》うんだ。

えりの　いまのコメント、いい感《かん》じだったから、あたしが言《い》ったことにしよう。

ひびき　え、なんで!?

福神堂《ふくじんどう》の
お悩《なや》み相談室《そうだんしつ》

レイジ　ひびき

今回《こんかい》は、レイジさんあてにお悩《なや》み相談《そうだん》がきてますよ。

おお。どんどん聞《き》いてください。ぼくは、福《ふく》の神《かみ》ですからね。なんでも知《し》っていますよ。知《し》らないのは、早起《はやお》きのコツくらいです。

相談《そうだん》

わたしは、将来《しょうらい》、本屋《ほんや》さんや図書館《としょかん》の司書《ししょ》さん、編集者《へんしゅうしゃ》さんなどになりたいです。そのためには、いま、どういうことをしておけばいいですか？

（小学《しょうがく》六年生《ねんせい》・トモナさん）

レイジ　ひびき

どれも本《ほん》にかこまれているおしごとですね。わたしもあこがれます。

トモナさんは、きっと、本《ほん》が大好《だいす》きなのですね。それぞれのしごとを大《おお》まかに説明《せつめい》すると、「本屋《ほんや》さんは、本《ほん》を売《う》るおしごと」「図書館《としょかん》の司書《ししょ》さんは、本《ほん》を貸《か》すおしごと」「編集者《へんしゅうしゃ》さんは、本《ほん》をつくるおしごと」でしょうか。

ひびき

レイジさんは、古本屋《ふるほんや》さんですね。働《はたら》いてるの、見《み》たことないですけど。

レイジ　いやー、あはは、はは……。えー、こほん。本屋《ほんや》さんは、かならずしも、とくべつな資格《しかく》は必要《ひつよう》ありません。トモナさんも年齢《ねんれい》が達《たっ》したら、アルバイトという形《かたち》で働《はたら》くことができますよ。いっぽう、専門職《せんもんしょく》である図書館《としょかん》の司書《ししょ》さんになるには、資格《しかく》が必要《ひつよう》になりますね。編集者《へんしゅうしゃ》さんになる場合《ばあい》は、司書《ししょ》さんとはちがって、専門的《せんもんてき》な資格《しかく》はいりません。しかし、出版社《しゅっぱんしゃ》や編集《へんしゅう》プロダクションに就職《しゅうしょく》するときの採用条件《さいようじょうけん》として、「大卒以上《だいそついじょう》」などとしていることがあります。

ひびき　資格《しかく》や大学《だいがく》ですか……。うーん。なんだか、まだまだ先《さき》のことって気《き》がしちゃいます。いまからできることってあるんでしょうか?

レイジ　もちろんあります。まずは、なんといっても、たくさんの本《ほん》を読《よ》むことです。小説《しょうせつ》だけでなく、ノンフィクションや辞書《じしょ》、新聞《しんぶん》なども読《よ》んで、たくさんの知《ち》識《しき》や意見《いけん》にふれてみてください。それから、わすれてはいけないのが、学校《がっこう》の勉強《べんきょう》ですね。これだって、将来《しょうらい》のために必要《ひつよう》ですよ。

ひびき　でも、学校《がっこう》の勉強《べんきょう》なんて、役《やく》に立《た》たないって言《い》うひともいるじゃないですか。

将来《しょうらい》、どうせつかわないんだから、覚《おぼ》えても意味《いみ》ない、って。たしかに、直接《ちょくせつ》つかうことはないかもしれませんが、意味《いみ》がないということはありません。たいせつなのは、「頭《あたま》を働《はたら》かせること」なのです。それは、「考《かんが》える力《ちから》」をのばすことにつながります。どうせなら、楽《たの》しんで勉強《べんきょう》しちゃいましょう。なまけて頭《あたま》をつかわないでいると、「わからない」が、重《かさ》なっていってしまい、つまらなくなってしまいます。それでは、もったいないですから。

本来《ほんらい》、「学《まな》ぶ」ということは、楽《たの》しいことなんですよ。新《あたら》しい知識《ちしき》にふれたときには、おどろきと、よろこびがあるでしょう。むずかしい問題《もんだい》が解《と》けたときには、達成感《たっせいかん》があるはずです。そうして得《え》たすべてのものが、トモナさんの強力《きょうりょく》な武器《ぶき》になってくれると思《おも》いますよ！

むだなことは、ひとつもないんですね。よーし、わたしもがんばるぞ！

相談内容《そうだんないよう》は、一部《いちぶ》に修正《しゅうせい》をくわえています。学年《がくねん》は投稿時《とうこうじ》のものです。

ひびきたちに聞《き》いてもらいたい、あなたの悩《なや》みを教《おし》えてね！

〈はがき〉
〒112-8001（住所《じゅうしょ》はいりません）
講談社《こうだんしゃ》　青《あお》い鳥文庫《とりぶんこ》編集部《へんしゅうぶ》　「ふしぎ古書店《こしょてん》」お悩《なや》み係《がかり》
まで、あなたのお名前《なまえ》、ふりがな、学年《がくねん》を書《か》いて送《おく》ってね。

〈読者《どくしゃ》はがき〉

この本《ほん》にはさまれている「読者《どくしゃ》はがき」を使《つか》ってね。お悩《なや》みは、はがきの裏《うら》の「この本《ほん》の感想《かんそう》や作者《さくしゃ》へのメッセージなどをどうぞ」の欄《らん》に書《か》いてね。


〈ウェブサイト〉

青《あお》い鳥文庫《とりぶんこ》のウェブサイトでも募集中《ぼしゅうちゅう》！『ふしぎ古書店《こしょてん》③』の「感想《かんそう》をおくる！」フォームから送《おく》ってね。http://aoitori.kodansha.co.jp/

〈スマートフォン〉

下《した》の二次元《にじげん》バーコードからもアクセスできるよ。感想《かんそう》フォームから送《おく》ってね。

＊著者紹介

にかいどう青《あお》

神奈川県出身。おうし座のB型。弓道初段。早稲田大学第一文学部卒業後、本屋さんで働きながら小説家としてデビュー。

人生で宝物の一冊は、手塚治虫『BLACK JACK《ブラック・ジャック》②』（秋田文庫）。

＊画家紹介

のぶたろ

兵庫県生まれ。アニメーター兼イラストレーター。

「アイカツ！」「黒魔女さんが通る‼」「バトルスピリッツ」「イナズマイレブン」「カードファイト‼　ヴァンガード」など、多数のTV作品のアニメーターをつとめる。

人生で宝物の一冊は、林明子『まほうのえのぐ』（福音館書店）。

講談社　青い鳥文庫　　　315-3

ふしぎ古書店《こしょてん》③
さらわれた天使《てんし》
にかいどう青《あお》

2016年9月15日　第1刷発行

（定価はカバーに表示してあります。）

発行者　清水保雅
発行所　株式会社講談社
東京都文京区音羽2-12-21　郵便番号112-8001
電話　編集（03）5395-3536
販売（03）5395-3625
業務（03）5395-3615

N.D.C.913　268p　18cm

装　丁　久住和代
印　刷　図書印刷株式会社
製　本　図書印刷株式会社
本文データ制作　講談社デジタル製作

ISBN978-4-06-285583-9

2017年《ねん》1月《がつ》

うちの学校《がっこう》の七《なな》不《ふ》

もともと六つしかな

七つ目《め》を知ると**呪われる**、
とか言《い》われててさ。

この暗号《あんごう》のところって、そのひみつが
書《か》かれてるんじゃないかって、
名探偵《めいたんてい》であるあたしは思《おも》うわけ。

ぎ古《こ》書《しょ》店《てん》

4

学校《がっこう》の六《ろく》不《ふ》思《し》議《ぎ》!?

今日《きょう》が死《し》ぬのに
最高《さいこう》の日《ひ》だとしても。

学生時代《がくせいじだい》の恋人《こいびと》・森野《もりの》の訃報《ふほう》。
初《はじ》めて聞《き》くはずのそれをわたしは知《し》っていた。
残《のこ》された事実《じじつ》から推測《すいそく》すると、
森野《もりの》は自殺《じさつ》したのかもしれない。
それも殺人《さつじん》を隠蔽《いんぺい》するために。
死《し》の真相《しんそう》をさぐるうち、わたしの一週間《しゅうかん》が崩《くず》れだす。
火曜日《かようび》の次《つぎ》の日《ひ》は月曜日《げつようび》。次《つぎ》は水曜日《すいようび》で……。
意味《いみ》がわからない。けど、あいつが死《し》ぬのは
きっと七日目《なのかめ》だ。なら、
わたしのやるべきことは
決《き》まってる——。

七日目《なのかめ》は夏《なつ》への扉《とびら》

著／にかいどう青
装画／のぶたろ

講談社タイガ
定価 690 円 + 税

ひびきと朱音《あかね》さんが活躍《かつやく》する、
「ふしぎ古書店《こしょてん》」とは
別《べつ》の世界観《せかいかん》の物語《ものがたり》！

「講談社《こうだんしゃ》　青《あお》い鳥文庫《とりぶんこ》」刊行《かんこう》のことば

太陽《たいよう》と水《みず》と土《つち》のめぐみをうけて、葉《は》をしげらせ、花《はな》をさかせ、実《み》をむすんでいる森《もり》。小《こ》鳥《とり》や、けものや、こん虫《ちゅう》たちが、春《はる》・夏《なつ》・秋《あき》・冬《ふゆ》の生活《せいかつ》のリズムに合《あ》わせてくらしている森《もり》。森《もり》には、かぎりない自然《しぜん》の力《ちから》と、いのちのかがやきがあります。

本《ほん》の世界《せかい》も森《もり》と同《おな》じです。そこには、人間《にんげん》の理想《りそう》や知恵《ちえ》、夢《ゆめ》や楽《たの》しさがいっぱいつまっています。

本《ほん》の森《もり》をおとずれると、チルチルとミチルが「青《あお》い鳥《とり》」を追《お》い求《もと》めた旅《たび》で、さまざまな体験《たいけん》を得《え》たように、みなさんも思《おも》いがけないすばらしい世界《せかい》にめぐりあえて、心《こころ》をゆたかにするにちがいありません。

「講談社《こうだんしゃ》　青《あお》い鳥文庫《とりぶんこ》」は、七十年《ねん》の歴史《れきし》を持《も》つ講談社《こうだんしゃ》が、一人《ひとり》でも多《おお》くの人《ひと》のために、すぐれた作品《さくひん》をよりすぐり、安《やす》い定価《ていか》でおおくりする本《ほん》の森《もり》です。その一さつ一さつが、みなさんにとって、青《あお》い鳥《とり》であることをいのって出版《しゅっぱん》していきます。この森《もり》が美《うつく》しいみどりの葉《は》をしげらせ、あざやかな花《はな》を開《ひら》き、明日《あす》をになうみなさんの心《こころ》のふるさととして、大《おお》きく育《そだ》つよう、応援《おうえん》を願《ねが》っています。

昭和《しょうわ》五十五年《ねん》十一月《がつ》

講談社